# 売られた令嬢は奉公先で溶けるほど溺愛されています。

灯倉日鈴

23084

角川ビーンズ文庫

# CONTENTS

ミシェル・テナー
子爵令嬢。
誕生日に実の父に借金
のかたに売られる。
シュヴァルツ・
ガスターギュ
ミシェルの雇い主。
『戦場の悪夢』と呼ば
れる王国最強の将軍。

# 売られた令嬢は奉公先で溶けるほど溺愛されています。

## 人物紹介

**トーマス・ベイン**

シュヴァルツの補佐官。
雰囲気の変わったシュヴァルツを不思議に思う。

**テナー子爵家**

フォルメーア王国の子爵家。ミシェルの生家。
ミシェルの祖父の代までは栄えていたが、
父・ロバートの代になってから没落が始まる。
ロバートは継母のイライザ、義姉のアナベルとともに
ミシェルを虐げ、やがて借金のかたに奉公に出すことに。

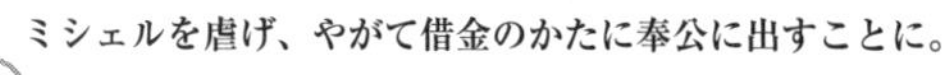

本文イラスト／手名町紗帆

## 【プロローグ】

一日三度の食事の支度と掃除洗濯、庭の草むしり。

それが私、ミシェル・テナーの日課だ。

テナー家は一応フォルメーア王国から子爵位を賜ってはいるけれど、栄えていたのは祖父の代まで。祖父が亡くなって十一年。父ロバートが跡を継いでからというもの、我が家は衰退の一途を辿っている。

父が怪しげな儲け話に騙され、資産の大半を失うまでに、二年も掛からなかった。領地を切り売りして辛うじて爵位と王都の別邸は残せたものの、税収が乏しく官職にも就いていないテナー家が貴族名鑑から名を消すのは時間の問題だ。それでも父は過去の栄光が忘れられず、散財を繰り返している。

ここ数年の収入源は、骨董蒐集が趣味だった祖父のコレクションを売ることくらい。美しい調度品の並んでいた棚がスカスカになって物悲しい。広さだけが自慢の子爵屋敷は、今は使用人を雇うお金もないから、私が家事一切を引き受けている。それは別にいいのだけれど……。

私は大急ぎで駆けつける。

　居間から金切り声が聞こえてきて、私は大急ぎで駆けつける。

「どうされましたか？　お継母様、お義姉様」

　慌てて入ると、居間には眉を逆立てた継母のイライザと義姉のアナベルがいた。

「あたしの絹の靴下、どこにあるの⁉　花の刺繍のやつ！」

「それは、お義姉様のチェストの二段目の引き出しに……」

「場所を教えるんじゃなくて、言われたらすぐ持ってきなさいよ！　気が利かないわね、グズが！」

「す……すみません……」

「あらあら。アナベル、淑女はそんなに大声を出すものじゃなくってよ」

　罵倒する義姉を、継母が窘める。私がほっとしたのも束の間、

「そういえばミシェル。今朝の目玉焼き、黄身が固すぎだったわよ？」

「それは、昨日お継母様が半熟はお嫌だと仰ったので……」

「好みなんて気分によって変わるでしょう？　作る前に食べる人に訊くのが親切というものよ？　アナベルの言う通り、貴女は気が利かない子ね。母親の教育が悪かったのかしら」

「そ……っ」

私は咄嗟に怒鳴り返そうとした声を、必死で飲み込んだ。逆らえば更に酷い目に遭うって解っているから。母の悪口はこれ以上聞きたくない。

「……申し訳ありません。これからは気をつけます」

「いつも反省だけは立派よね。結果が伴えばいいのだけれど。貴女は本当にテナー家のお荷物ね」

「早く靴下持ってきてよ！　お母様とお出掛けするんだから！」

深々と頭を下げたまま唇を嚙む私に、冷たい言葉が降りかかる。八年前母が亡くなり、喪が明けきらぬうちに父と再婚した継母と、その連れ子である私と一ヶ月しか誕生日の変わらない義姉。栗色に榛色の瞳で平凡な容姿の私と違い、金髪碧眼で見目麗しい母娘。彼女達がこの屋敷に来てからというもの、私は父から見向きもされなくなった。

……いや、違う。最初から私は父に好かれてなどいなかった。

父ロバートと母アンジェラの結婚は、祖父の決めたことだった。私にとっては陽気で優しい祖父だったが、父にとっての祖父は、趣味の為に世界を飛び回り、家庭を顧みない最低の父親だったという。父がまだ十代の頃、骨董品の買付に出掛けている最中に祖母が亡くなり、何ヶ月も連絡が取れなかったことが決定的だった。

それでも、家長制度の強いフォルメーア王国では、父親の権力は絶対だ。ロバートは渋々ながらも、自分の父が連れてきた女性を妻にした。

……そんな夫婦の間に生まれた、母と瓜二つの娘を父が愛するはずもなかった。

新しい家族が増えて、我が家の暮らしはますます逼迫した。

まず、給金を滞らせながらも散財をやめない当主とその新妻と娘の傍若無人ぶりに、先代から仕えてくれていた使用人達が逃げ出した。当然のように家事を押し付けられた私は、毎日の水仕事で手は荒れ放題。食事は家族の残り物しか口にできないので、肌も髪も栄養不足でボロボロだ。

母が私の為にと遺してくれていた僅かばかりのドレスやアクセサリーも継母と義姉にすべて奪われ、私は古い衣類を何度も繕いながら身につけている。私が日雇いの仕事に出て手に入れた少しの給金も、翌日には消えている。母が生きていた頃はまだ貴族屋敷の体裁を保てていたが、私一人ではもう限界だ。不安と絶望に押し潰されそうな毎日。

……でも、そんな私にも希望はある。

三日後の十八歳の誕生日に、母が作ってくれた私宛の信託財産が受け取れるようになるのだ。敏い母は、自分が亡くなった後の状況を予見していたのかもしれない。

眠れない夜は、屋根裏部屋の隅で母から貰った小箱を開ける。私の最後の宝物。装飾のない古ぼけた無垢材の箱は、幸運なことに継母達の興味を惹かなかった。

節約の為に蠟燭は使えず、窓から差し込む星明かりの下で折りたたまれた用紙をそっと開く。契約書に書かれた母の文字を見ると、心が温かくなる。

私が大切にされていた証。

大きな額ではないけれど、これを持って私は家を出る。名前ばかりの子爵家の地位などいらない。王都を離れ、新しい人生を歩もう。そう思っていたのだけれど……。

――私のささやかな夢は、最悪の形で裏切られた。


「ミシェル、お前は今日からガスターギュ将軍の屋敷に奉公に出なさい」

書斎に呼び出された私が父にそう告げられたのは、誕生日当日のことだった。一瞬、何を言われたのか解らなくて頭が混乱する。

「ほう、こう……ですか？」

間抜けに聞き返した私に、父は鷹揚に頷いた。彼の隣では、継母と義姉が並んでニヤニヤ私を見ている。

「そうだ。ガスターギュ将軍、お前も聞いたことがあるだろう。彼の家で住み込みの使用人を募集していたんだ。そこで働きなさい」

「ガスターギュ将軍って……」

昨年、隣国との戦争を終わらせた功労者。庶民の出で、雑兵から腕一本で将軍にまでのし上がった救国の英雄。怪物のような巨軀と風貌で、戦斧一振りで敵を血煙に変える様は『戦場の悪夢』と呼ばれ、敵軍どころか味方まで震え上がらせたという。

　そんな恐ろしい人の家に、どうして私が？

「お父様、どういうことでしょう？　使用人って……？」

　察しの悪い私に、父は苛立ちのため息を吐き出す。

「実は先物取引で失敗して借金ができてしまったんだ。だからお前を働きに出すことに決めた」

「そんな……」

　私は言いかけて、ふと気づく。

「し、信託財産！　私には、母の遺してくれた信託財産があります。それを使えば……」

　あれは私の独立資金だったけど、家族の一大事なら仕方がない。喜んで差し出そう。気の利かないお荷物と言われ続けてきた私だけど、ここで役に立てれば家族に認められるかもしれない。……お父様も、私を見てくれるかもしれない。そう思ったのに――

「あんな端金、物の足しにもならなかったさ」

　――希望は脆くも霧散した。

「ど……どういう意味でしょうか？」

　ますます混乱する私の足元に、父が何かを放った。カツンと乾いた音を立てて床に転がったのは……あの無垢材の小箱。そんな……。いつの間に……？

「あんなみすぼらしい箱を大事にしてるから、怪しいと思ってたのよね」

　アナベルがせせら笑う。小箱を拾い上げる指先がおかしいくらい震えている。何もかもが悪い夢のようだ。最後の拠り所さえ奪われていたなんて。

「もうガスターギュ将軍から支度金をもらってしまったんだ。今更反故にはできない。ミシェル、家族の為に頑張ってきなさい」

　聞き分けのない子どもをあやすように諭され、息が苦しくなる。

　どうして？　どうして私が？　泣きそうになりながら目を向けると、継母と義姉はこの上なく嬉しそうに、

「これは家長の命令ですよ、ミシェル。まさか嫌だなんて言わないわよね？」

「あたしは娼館の方が高く売れるって言ったのに。お義父様ったらお優しいんだからぁ」

　……っ！

　無慈悲な言葉に足元が崩れる感覚がした。

　……売られた。働きに出すなんて聞こえのいい言い方をしたって、借金のかたにされたことには変わりない。私、家族に売られたんだ。継母と義姉と……実の父に。

「さあ、早く行きなさい。先方に迷惑を掛けないようにな」

　父の無駄に威厳のある声が、追い打ちをかけてくる。

「はい。……お世話になりました」

……もう、どうだっていい……。

逃げる気力すら残ってはいなかった。私はほんの少しの私物を小さな鞄に詰めて、テナー子爵邸を後にした。

# 【一】出逢い

ガスターギュ将軍の家って、どこだろう？

街の中を重い足取りで進んでいく。渡された紙片には番地しか書かれておらず、地図も目印もない。同じ王都とはいえ、奉公先の住所は実家とは城下通りを挟んで反対方向。乗合馬車に乗るお金もないので、もう半日も歩き通しだ。

振り向いてみても実家は遥か彼方だし、戻る気にもならない。私には帰る場所も行く場所もないのだ。……ガスターギュ将軍の家以外は。

途中、小川に架かった橋の上で足を止める。欄干に手をついて覗き込むと、大きな鯉が泳いでいるのが見えた。

……いいなー、自由で。私も自由になりたかった。揺れる水面に映る自分の顔に懐かしい影を思い出して、

「お母様……」

ぽつりと零した瞬間、いきなりガバッと襟首を掴まれた！

「ぐぇっ」

令嬢らしからぬ声が出るが、そうも言っていられない。驚いて振り返ると、私は見知らぬ男性に子猫のように腕一本で吊り上げられていた。

大木のような長身に、服の上からでも判る、はちきれんばかりに盛り上がった筋肉。それから、伸びっぱなしの黒髪と髭に、切り傷が目立つ厳つい顔。伝説の怪物のような風貌の彼に、私は凍りつく。

完全に地面から離れた足がプラプラして靴が脱げそう。彼は冷めた瞳で私を睨めつけ、小さく吐き捨てる。

「ここは水深が浅い。飛び込むなら別の川の方がいい」

……へ？

「い、いいえ。飛び込みません！」

慌てて首をブンブン横に振ると、彼は「そうか」と私を地上に下ろした。

ああ、びっくりした！　もしかして、身投げに間違えられたのかな？　建設的なアドバイス（？）も頂いたし。

「あ、あの……」

顔を上げると、彼は既に橋から離れ歩き出していた。

「あの！　すみません！」

私は慌てて彼を追いかけた。そして、壁のような広い背中に精一杯呼びかける。よれよ

れで前ボタンは全部開いて着崩されまくっているけど、あの深緑色の上着は軍服よね？

と、いうことは……、

「もしかして、ガスターギュ将軍閣下でしょうか!?」

あ、振り向いた。

彼は怪訝そうに眉を顰め、足を止めた。……うぅ、眼光が怖いです。

「そうだが。俺を知っているのか？」

初対面ですが、噂通りです。

「あの……。私、今日から閣下のお宅で働かせて頂くことになりました、ミシェル・テナーと申します」

将軍は上目遣いに考えて、「ああ」と得心した。

「人材派遣組合に頼んでいた使用人か。……随分若いな」

「すみません……」

反射的に頭を下げる私に、将軍はますます訝しげに、

「何故謝る？　若いのはお前のせいではないだろう。勝手に住み込みの使用人は年嵩の者が来ると思っていたのは、俺の偏見だ」

……その通りですが、つい癖で……。

「まあ、いい。俺の家はこっちだ」

萎縮する私に興味を無くしたように、彼は踵を返した。ガスターギュ将軍は足が長くて歩くのが速い。私はほとんど駆け足になって彼の後ろ姿を追いかけた。

ガスターギュ将軍の家は王都の一等地の端にある、小洒落た外観の邸宅だった。

貴族屋敷としてはさほどの規模ではないものの、庶民の家ならば五、六件入る敷地に、相応な広さの前庭。玄関ホールからコの字型に並ぶ居間や食堂、応接室などの一階共有スペースに、二階のプライベート用の個室まで。建物内には二十以上の部屋がありそうだ。テナー子爵家と同じくらいの規模かな。でも……この家、なんだか殺風景で寒々しい。庭木は伸び放題だったし、調度品は高価なのに埃を被っている。……まるで、人が住んでいないみたい。

ガスターギュ将軍は何も言わずに居間に入ってソファに腰を下ろしたから、私はドアの前に立って指示を待つ。

……。

…………。

「何をしている？」

「はい？」

「座れ」

え⁉　使用人なのに、ご主人様と同じテーブルに着いていいの？

「し……失礼します……」

促されて、私は恐る恐る彼の向かいのソファに腰を下ろす。わ、フカフカ。うちのソファよりスプリングが利いてる。あ、お茶の用意をした方がいいかな？　でも、厨房の場所が解らない。いろんなことをぐるぐる考えていると、「おい」と声をかけられた。

「ミシェル・テナーといったな」

「は、はい」

一度で名前覚えてくれたんだ。

「今日からお前には、この家の家事をやってもらう」

「はい。畏まりました」

それが私のお仕事だ。

「して、執事の方はどこにいらっしゃるのでしょうか？」

「……何？」

「執事かメイド頭の方は？　お家のことを教えて頂きたいのですが」

貴族屋敷の業務は、上級使用人に尋ねるのが一番。私はとても常識的な発言をしたつもりだったのだけど……。

「いない」

「……え？」

「この家に使用人はお前一人だ」

「えぇ!?」

この規模の貴族屋敷に、使用人が一人？　執事もいない？　実家も今では使用人がいないけど、お母様が生きていた頃は常時八人は働いていたのに。将軍は顎に手を当てて思案して、

「できないのか？」

「いえ、やらせて頂きます！」

あ、即答しちゃった。でも、帰る家がない私は、ここで解雇されるわけにはいかない。

……支度金も家族の懐に入ってしまったし。

「それならいい」

ガスターギュ将軍は、息をついて立ち上がる。

「俺は自室にいる。あとは自由に屋敷を見て回れ」

「はい」

「お前用の個室も、空いている部屋を好きに選んで良い」

「承知しました」

私は頷(うなず)いてから、質問する。

「ガスターギュ将軍閣下、このお屋敷には屋根裏部屋が何室もあるんですか？」

「……は？」

眉間(みけん)に皺(しわ)を寄せて聞き返してくる将軍は、顔が怖い。

「何故、屋根裏部屋の部屋数を気にするのだ？」

「それは、私の個室を好きに選んでいいと仰(おっしゃ)ったので」

大抵(たいてい)の貴族屋敷では、使用人宿舎は屋根裏にある。だから私は屋根裏部屋の中から好きな部屋を使っていいと言われたと判断したのだ。選ぶってことは、一室ではないのかなって。それに私は、義姉(あね)に自室を奪(うば)われて八年屋根裏で暮らしてきたので慣れている。

でも……将軍の思惑(おもわく)は違ったみたいだ。彼は理解不能という表情で首を捻(ひね)る。

「何故、ベッドも家具も揃(そろ)っている部屋がいくつもあるのに、屋根裏で寝(ね)たがる？」

「……え？」

「もしかして、屋根裏の見晴らしが好きなのか？　それなら止めないが」

「いえ、取り立ててそのような嗜好(しこう)は……」

「だったら、二階の空いている客室を使え。頭の上に人が居るのは落ち着かん」

「……はい」

いいのかな？　私が普通(ふつう)にベッドを使っても。

「それと、閣下はやめろ。仕事しているみたいで肩(かた)が凝(こ)る」

「では、ご――」

「――主人様もやめろ。年を取った気分だ」

……この人、外見だとよく解らないけど、いくつなんだろ？

「では、何とお呼びすれば？」

「名前でいい」

「はい。では……」

……えーと……。

「……俺の名前、知らないのか？」

……うぎゅっ。

「も、申し訳ありません」

私は必死で頭を下げる。雇い主(ご主人様)の名前を覚えていないなんて、大失態だ！　手打ちにされるかもしれない。内心震(ふる)え上がる私に、彼は淡々(たんたん)と、

「いや、お前が先に名乗ったのに、俺はまだだったな。無礼をした」

「い、いえ、滅相(めっそう)もない！」

なんで貴方(あなた)が謝るんですか！　真っ青な私をおいて、彼は堂々と自己紹介(しょうかい)する。

「シュヴァルツだ。シュヴァルツ・ガスターギュ」

「シュヴァルツ様」

はい、覚えました。

「では、よろしく頼む、ミシェル」

「よろしくお願いします。シュヴァルツ様」

——こうして私は、ガスターギュ邸の使用人になりました。


シュヴァルツ様が自室に戻られてから、私は一人でガスターギュ邸を見て回った。

最初の印象通り、中は一般的な貴族屋敷の間取りで、一階は共有スペースと当主の書斎、二階は家族のプライベートスペースだ。中央階段手前に広がる玄関ホールは、ちょっとしたパーティーも開ける大きさ。

シュヴァルツ様は二階南奥の主寝室を自室にしているから、私は北奥の部屋を使うことにした。セミダブルのベッドにソファにチェストにドレッサー。備え付けの家具からして、私くらいの年齢の女性が使っていた部屋みたい。収納はたくさんあるけど、所持品が小さな鞄一つの私には持て余してしまう。

他の部屋も巡ったけど、ウォークインクローゼットにはドレスや男性の夜会服が吊るしてあったし、ベビーベッドの置いてある子ども部屋もあった。

……将軍のご家族の持ち物なのかな？　あれ？　そもそもシュヴァルツ様ってご結婚されてるの？　どうしよう。私、雇い主のことを全然知らない。

でも……他にご家族がいらっしゃるにしても、生活感がなさすぎる。きちんと整頓されているのに、棚にもテーブルにもうっすら埃が積もっていて、廃墟みたいなうすら寒さがある。

「……ま、悩んでいてもしょうがないよね」

私は出ない答えに蓋をして、厨房へ向かった。もうすぐ夕方になってしまう。使っていない部屋の掃除は後回しにして、晩御飯の準備をしなくては。

ご主人様に出来たての料理を振る舞うのは使用人の務め。実家で自称グルメな家族にダメ出しされながらも八年作ってきたから、私の料理の腕はそれなりだと思うけど……。

「あれ？」

調理台下の収納棚を開けて、私は愕然とする。

「ない！」

砂糖も塩も他の調味料も小麦粉も油も！　床下の貯蔵庫を覗いても、野菜も燻製肉も何もない！　調理器具も食器も一式揃っているのに、食材が何もない。オーブンは冷えた灰が固まっていて、暫く使っていないみたい。この家、本当にどうなっているの？　シュヴァルツ様って、ここに住んでるんだよね？

疑問は尽きないけど、とりあえず行動しないと。私は二階南奥の部屋のドアをノックした。

「シュヴァルツ様、ご相談があります」

戸板越しに呼びかけると、緩慢にドアが開いた。

「……なんだ？」

ボサボサ頭を更に乱して、猛獣の呻きのような低い声を出す将軍に、私はビクッと肩を震わせる。すごく不機嫌そう。

「あ、あの……お夕飯を作りたいのですが、食材がなくて……」

怯えながらも必死で訴える私に、彼はグワッとライオンみたいな大口を開けた。

——怒鳴られる!?

と身構えた刹那、彼はそのまま顎が外れそうなほどの大あくびをして口を閉じた。

「すまん、寝てた」

……寝起きで不機嫌そうに見えただけですか？

「飯か、何もなかったな。買いに行くか」

将軍は一旦部屋に戻ると、上着を羽織りながら廊下に出てきた。

「では、行くぞ」

玄関へと向かう彼に、私は驚く。

「シュヴァルツ様も行かれるんですか？　買い物に？　……私と？」

食材の買い出しなんて使用人の仕事で、当主自ら行くものではないのに。戸惑う私に、彼は首を傾げる。

「ミシェルはこの界隈に詳しいのか？」

「え？　いえ」

テナー邸は北東でガスターギュ邸は南西の区画。王都は一区画が一つの町ほども広いから、私は知り合いもいないこの辺りに足を運んだこともなかった。

「ならば、一緒に行って市場の場所を教える」

事も無げに言いながら、ドアノブに手を掛ける将軍。シュヴァルツ様って、案外親切だな。噂ほど怖い人じゃない……かも？

通用門の鍵を閉めてから、一緒に南方向へと歩き出す。今日からここで生活するんだから、ちゃんと周辺地図を頭に入れておかなきゃ。ご近所の景色を覚えながら進んでいると……。

「あ！」

気がつけばシュヴァルツ様は私の何十歩も前を行っていた。はやっ。置いていかれちゃう！　慌てて追いかけるが、小柄な私の歩幅では大柄な彼との距離は縮まらない。ああ、小路の角を曲がっちゃった。私も大急ぎで曲がり角に飛び込むけど……、

「いない……」

既に将軍の姿はそこにはなかった。どうしよう、見失ってしまった。似たような壁が並ぶ住宅街、ぐるりと辺りを見回すと方向感覚がおかしくなってくる。

あれ？　お屋敷はどっちだっけ？　私、迷子になっちゃったの⁉　パニックに泣きそうになっていると、奥の辻からひょこっと黒い巨体が現れた。

あ、いた。シュヴァルツ様は険しい表情で私の前まで戻ってくる。

「……どうしてついて来ない？」

剣呑な重低音で訊かれて浮かべた涙も凍る。声も出ない私に、将軍はため息をついた。

「俺と出掛けたくなかったのなら、家で待っていても……」

「ち、違います！」

私は咄嗟に叫んだ。

「私、シュヴァルツ様とお出掛けしたいです！　ただ、追いつけなくて……」

「追いつけない？」

鸚鵡返しする将軍に、私は精一杯説明する。

「まず、私とシュヴァルツ様では身体の根本的な仕様が異なっているのです」

言いながら、彼の横に並ぶ。

「ほら、私の背はシュヴァルツ様の肩より低いでしょう？　足だってそうです。シュヴァルッ様の腰の位置は、私の胸くらい。つまり、シュヴァルツ様は私よりかなり足が長いのです。ということは、歩幅も私より大きいんです。シュヴァルツ様の一歩が、私の二、三歩なんです！」

「う、うむ」

「それに、シュヴァルツ様は歩く速度が他の方より飛び抜けて速いと思われます。私がカタツムリなら、シュヴァルツ様はライオンなのです」

だって、私の歩き方が『ぽて、ぽて』だとしたら、彼の歩き方は『スタタタタッ』って感じだもん。

「なので、頑張って走ったのですが追いつけませんでした。次は遅れませんので、どうか見捨てないでください！」

頭を下げる私に、将軍は動かない。恐る恐る見上げてみると、彼は口元に手を当てて驚愕の表情を浮かべていた。

「……ということは、仕事で移動中に、たまに振り返ると部下が真っ赤になって息を切らしていたのは、俺のせいだったのか!?」

他でもやらかしてらっしゃったのですか。あの速さは、男の人でもついていくのが大変だよね。

「持病でもあるのかと思って、軍医に健康診断をさせてしまったではないか」

いい上官ですね！　気遣いが見当違いですがっ。

「そうか……俺の歩みは速かったのか」

新発見！　とばかりに、シュヴァルツ様は何度も頷いている。

「あの……生意気なことを言ってしまって申し訳ありません」

謝る私に、彼はあっけらかんと、

「いや、ミシェルがいなければ気づけなかった。感謝する」

わっ、誰かにお礼を言われたのなんて……いつぶりだろう？

長年一緒に暮らしていた家族は私と滅多に目も合わせてくれなかったのに、初対面のこの人は、ちゃんと私の話を聞いてくれるのね。不思議な気分だけど……すごく嬉しい。

「これからはカタツムリになったつもりで歩くとしよう」

……そこまで極端にならなくてもいいのですが。

シュヴァルツ様が慎重に歩幅を狭めて歩き出したので、私もそれについていく。

「そういえば、ミシェル」

「なんでしょう？」

「お前はさっき、俺と出掛けたいと言ったか？」

「はい。言いました」

「そうか……」

彼は戸惑ったように後頭部を掻いて、ぽつりと零す。

「俺の近くには居たくないという者の方が多いから」

怪物のような風貌の、フォルメーア王国最強の将軍。私も最初は怖かったけど……今はそれほどでもない。知り合ったばかりで戸惑いも大きいけど、少しずつ慣れていければいいな。

……しかし。やっぱりというか、がっかりというか。

シュヴァルツ様が歩調を合わせてくれたから、今度は二人で市場に辿り着けました。でも、明日からのために小麦粉や調味料は揃えておかないと。

料品がほとんど売り切れていた。肉も野菜も良い品は午前中には捌けちゃうのよね。それ
「シュヴァルツ様、小麦粉を買いたいのですが」

粉屋の前で止まってお伺いを立てる。私はお金を持っていないので、ご主人様に出して頂かなければならないのだけど……。

彼は「ん」とぞんざいに革袋を私に差し出した。私はくくり紐を解いて、その中を覗き込み、

「!?」

びっくり眼で袋を閉じた。

なななんか金貨がいっぱい詰まってるんですけどっ！

「足りるか？」

「店ごと買い取る気ですか⁉」

平然と尋ねるシュヴァルツ様に、私は思わずツッコんでしまった。

「一枚で今日の買い物は十分お釣りが来ます。こんな大金、使用人に渡してはいけません。盗られたらどうするのですか？」

金貨を一枚だけ抜いて革袋を返す私に、彼は上目遣いに考えて、

「盗るのか？」

「盗りません！」

「では、預けても構わないだろう」

ケロッと返す将軍に眩暈がしてくる。どうしてこの方は、こんなに危機感がないのだろう？

「私が言うのもなんですが、初対面の者をたやすく信じない方がいいですよ」

あ、目上の方に意見しちゃった。生意気だって怒られるかな？　私が少し身構えていると、それでも彼は飄々と、

「誰彼構わずではない。俺は人を見る目があると自負してるんだ」

「……っ！」

意外な返答に言葉が詰まる。どうして彼はそんなことを言うんだろう。実家では、自分

が置き忘れた小銭でも、私が盗んだと継母に疑われて何時間もなじられたというのに。

何故だか酷く……惨めになってしまう。

「粉はどれがいいんだ？　大きい袋の方が長持ちしていいだろう」

シュヴァルツ様が一番大きな麻袋を肩に担いだので、私は悲鳴を上げそうになる。

「あ、あの、私がお持ちします！　ご主人様にお荷物を持たせるなんて……」

狼狽える私に、彼はスッと丸太のような腕を突き出した。

「俺の腕、お前と比べてどう思う？」

どうって……？　私は将軍の腕に私のそれを並べてみる。わ、全然違う。

「シュヴァルツ様の方が三倍くらい太いです」

正直に述べると、彼は鷹揚に頷いた。

「そうだ。つまり単純に考えて、俺とお前とでは三倍は力の差があるということだ」

……いえ、実際は十倍以上あると思いますが。私の腕は骨と皮ばかりで、シュヴァルツ様みたいな引き締まった筋肉はついていないもの。

「ということは、ミシェルが持つより俺が持った方が、より多くの荷物が運べるということだ」

その理屈は正しい。正しいけど……。私は彼の剣ダコのある節くれ立った長い指の隣にある、ささくれとあかぎれだらけの自分の手が恥ずかしくなって、指先を握り込んで腕を引っ込めた。

「でも、シュヴァルツ様は私のご主人様です。だから荷物は使用人(わたし)が持つべきです」

それが上流階級の『正しさ』だ。しかし、

「解(わか)った。ではこうしよう」

頑(かたく)なな私に、将軍はぽんと手を打った。

「俺といる時は、ミシェルは重い荷物は持たない。これは命令だ」

「……え？」

「ご主人様(おれ)の命令には使用人(おまえ)は逆らえないのだろう？」

「はい。そうです……けど……」

そんなの、ありなの？

「支払(しはら)いを済ませてくれ」

「え？　あ、はい！」

先に歩き出したシュヴァルツ様を、私は慌(あわ)てて店主にお金を払(はら)って追いかける。

「次はどこだ？」

「えっと、乾物屋(かんぶつや)に……」

彼は立ち止まって私を待って、歩幅(ほはば)を合わせて並んで歩いてくれる。……なんでだろう？　実家にいた時は、家族で買い物に行くと父は私に大量の荷物を持たせて誇(ほこ)らしげに前を歩いていたのに。どうしてシュヴァルツ様は、私の知っているどんな人とも違うのだろう……？

調味料一式と粉物を揃えた時には、辺りはすっかり暗くなっていた。重い荷物を抱えたシュヴァルツ様は、煌々と灯りのともる一軒の料理屋で足を止めた。

「もう遅いから、ここで飯にするか」

そうですね。今から家で作ると夜中になってしまいますし、満足な生鮮食料品もありませんから。

「では、荷物を持って先に帰っていますね」

両手を出して荷物を受け取ろうとする私に、彼は怪訝そうに眉を顰めた。

「先に帰る？　外食は苦手か？」

「いえ、そうではなく……」

私は戸惑う。

「使用人はご主人様と外食しませんから」

「……いちいち面倒くさいルールだな」

シュヴァルツ様は不機嫌そうに吐き捨てる。

「しかし、先に帰ると言っても、この荷物をすべて持ったら、お前は潰れるぞ？」

肩に担いだ私の体重よりも重い麻袋に目を遣り、首を竦める。潰れはしないと思います

る。

「それなら、何回かに分けて運びます」

「なんでそんな手間のかかることを……」

言い合っていると、店から食事を終えた客が出てきて、私達は左右に分かれて道を空ける。

「……ここで不毛な会話を続けていても、店の迷惑だ。とにかく入るぞ」

さっさとドアを潜る将軍に、私も躊躇いながらついていった。

「腹に溜まるものを十皿ほど見繕ってくれ」

「畏まりました」

席に着くなりメニューも見ずに大雑把な注文を店員に伝えるシュヴァルツ様に、対面の私は落ち着かない気分で身動ぎする。

暫くすると大皿料理がテーブルに載らないくらい運ばれてきた。美味しい匂いの洪水に、脳が麻痺してしまいそうになる。シュヴァルツ様はフォークを手に取り皿を引き寄せながら、

「食わないのか？」

「いえ、私は水だけで」

使用人が主人に食事姿を見せるなんてはしたない。……そう思っていたのだけれど。

「嫌いな物や体質的に食えない物があるなら無理にとは言わんが、家に帰っても何もないのだから、食べておいた方がいいぞ？」

更に勧めてくる彼に、私は笑顔で固辞する。

「いえ、本当にお腹がいっぱ……」

ぐ――――！

ひぇ!? 真っ赤になってお腹を押さえる私に、シュヴァルツ様は表情を変えず取り皿を差し出す。

「……イタダキマス」

もう、空気読んで！ 私のお腹の虫。でも……朝から何も食べていないから、お腹が減っていたのは事実だ。私は煮物や肉料理を全種類少しずつ皿に盛る。

「私はこれで十分なので、あとはシュヴァルツ様がお召し上がりください」

それは、一人前に丁度いいくらいの量。これでも実家にいた頃の一日分の食事より多いくらい。久し振りにお腹いっぱい食べられる！ と喜んでいたら、

「……それだけでいいのか？」

シュヴァルツ様は厳つい顔をますます歪めて私の皿を覗き込む。

「若いモンが遠慮するんじゃない。大きくなれないぞ」

大きくって……。既にそこそこ育っている年齢です。

「いえ、今度は本当に適量です。嘘ではありません」

本当ですよ。彼は私の顔をじっと見つめてから、納得したように自分のフォークを進めだした。

……この方、行動が読めません……。

不可思議な気持ち満載で、私は煮物を口に運んだ。黄金色に炊き上げられたジャガイモを一口頬張ると、煮汁の旨味がじんわり口の中に広がる。ああ、美味しい！　他人の作ったご飯を食べるのっていつぶりだろう。私が幸せを噛み締めながら、ふとシュヴァルツ様のお皿に目を遣ると……。

ない⁉

十枚の大皿のうち、半数はもう空になっていた。

え？　はやっ！

あの両手より大きな鯉の姿揚げも、根野菜の煮物も、鶏肉の炒め物も、全部食べたの？

私がこっそり見守る中、彼は飴色の焼き目のついたスペアリブを黙々と骨だけに変えていく。凄いスピード、凄い食欲。

注文した時、二、三人前のメニューを十皿も頼んだから、てっきりお金持ちらしく好きなだけ食べて飽きたら残すのかと思ったら……余裕で召し上がれる量でした。呆然としていると、シュヴァルツ様は私の視線に気づいたのか、サッと頬を赤らめ食事の手を止めた。

「……ずっと前線基地にいたから、食える時に素早く食う習慣がついてしまったのだ。体力を使うから、すぐ腹が減るし……」

そんなしどろもどろで言い訳しなくても大丈夫ですよ。

「いえ、ご自分のペースで召し上がってください」

私は微笑み返して、自分の食事に取り掛かる。私はまだ取り分けたお皿の一品しか食べていない。このままではシュヴァルツ様の方が先に食べ終わってしまう。使用人がご主人様をお待たせしてはいけないのに！　……と焦ったのだけど。

「ミシェルも自分の速度で食べるといい」

シュヴァルツ様が先手を打ってくる。

「お前の食べ方は、何というか……丁寧で小気味よい。育ちが良いのだろうな」

「それほどでも……」

謙遜しながらも、食事のマナーは母に厳しく躾けられたので褒められると嬉しい。

「あの、少しお訊きしてもよろしいでしょうか？」

フォークを進めながら、私は切り出す。

「何を？」

「シュヴァルツ様のことです。お屋敷で働かせていただくにあたって、いくつか確認したいことがございまして」

「ああ、好きに訊いてくれ」

「では……」

私はコホンと咳払いして、

「シュヴァルツ様はご結婚なさっていますか？」

ブホッ!!

将軍は盛大に噴き出した！

「だ、大丈夫ですか!?」

苦しげに噎せ返るシュヴァルツ様に、私は席を立って彼の背中をさすりつつ、ハンカチを差し出す。

「……すまん、想定外すぎて……」

ハンカチで口元を押さえ、無理矢理息を整える将軍。そんなに変な質問だったかな？

「申し訳ありません。お世話をさせていただくにあたって、同居のご家族の人数を把握したかったのですが」

意図を伝える私に、シュヴァルツ様は「そうか」と頷く。

「結婚はしていない。同居の家族も。あの家には一人だ」

うん、確かに人の住んでいる気配はなかった。

「でも、クローゼットに女性の衣類やベビーベッドのある部屋があったのですが」

「それは前の住人が置いていった物だ。あの家は没落貴族が売りに出した物件で、俺が家具ごと買い取ったのだ。俺は王都に来て日が浅い。あの家で暮らし始めたのも三日前からだ」

「三日ですか……」

だから、家具には長らく使われた形跡がなく、埃が積もっていたのか。

「では、その前は何を？　どのような経緯で王都に？」

更に尋ねると、シュヴァルツ様は例のごとく眉間に皺を寄せて、

「話せば長くなるぞ？」

「聞きたいです」

これからの為にも、貴方のことが知りたい。

シュヴァルツ様は記憶を辿るように、訥々と語り始めました。

シュヴァルツ・ガスターギュは国境沿いの小さな村で生まれた。

貧しいながらも幸せな生活を送っていた彼ら家族を悲劇が襲ったのは、シュヴァルツが六歳の時のこと。隣国の侵攻で村が壊滅してしまったのだ。

家族を殺され、身一つで逃げたシュヴァルツ少年は、フォルメーア軍の駐屯地に保護され、そこで雑兵として働き出した。最初は補給部隊に配属されたが、武術の才を見出され、十歳にならぬ内から最前線で戦うようになった。

戦場に出てからというもの、彼は他の者には到底追いつけない速さで武功と背丈を伸ばしていった。怪物のような巨体から繰り出される戦斧の一撃は兵士を震え上がらせ、青年期に差し掛かる頃には、彼は『戦場の悪夢』という二つ名で呼ばれるようになっていた。

そして、戦術にも長けた彼は、前線で司令官が戦死し崩れかかった軍を自ら指揮して立て直し、敵を撃破したことで騎士の称号を授かった。戦争終結時には、とうとう将軍の座まで上り詰めていた。

それは、軍人なら誰もが憧れる出世コースだけど……。

「俺が敵軍の要塞を陥落させたのがきっかけで戦争が終わり、和平調停が結ばれたのだが……」

シュヴァルツ様は鹿爪らしい顔でため息をつく。

「国王陛下は俺に褒美として爵位を与え、国境付近一帯の土地を治める権利をくれると言ったんだ」

……それって、辺境伯としてこれからも国境の動向に目を光らせろってことよね？

「だが俺は、もう戦いに飽きていたし、領主って柄でもない。だからその誘いを断ったんだ」

「え⁉」

叙爵って断れるものなの⁉

「で、爵位より金が欲しいって言ったんだ」

「えぇ⁉」

不敬！　大丈夫なの、それ⁉

「それで、領地の税収に相当する報奨金を貰ったんで軍人を引退する気だったんだが、陛下に『王都に来て後続の兵士を育ててくれ』と打診されてな。最近辺境から王都に出てきたんだ」

シュヴァルツ様は皿を飲み込む勢いでポタージュスープを呷る。……スープ皿に口つける人、初めて見ました。

「で、最初は兵士用宿舎に泊まっていたんだが、居住空間に将軍がいると気が休まらないと下級兵士から苦情が来てな」

……でしょうねぇ。

「適当に空き家を購入したんだ」

適当にあの規模の邸宅買っちゃいますか。

「しかし、軍に入ってからは身の回りの世話は従卒がしてくれていたので、一人暮らしの勝手が解らなくてな。将軍補佐官に聞いてみたら、人材派遣組合を紹介されたんだ」

「それで、私が派遣されたのですね」

言葉を継いだ私に、彼はこくりと頷く。なるほど、ずっと使われていなかったから、あのお屋敷は埃っぽくて、シュヴァルツ様らしくない荷物で溢れていたのか。それに、貴族の暮らしをしたことがないから使用人への対応が変わっていたのね。

シュヴァルツ様って、叙爵は辞退したっていうけど閣下だから貴族扱いでいいのよね？

「──ということで。俺は王都の生活も物価もよう解らんのだ。正直、俺は家など食って寝られる場所があればそれで良くて、他のことに時間を取られるのが煩わしい。だからミシェルには、俺が困らない程度に生活できるよう、家事を頼みたいのだ」

その指示は明確で解りやすい。

「はい。畏まりました。シュヴァルツ様に快適にお過ごし頂けるよう、このミシェルがお力になります」

いつの間にかすべての皿を空にしていたご主人様に、私は胸を叩いて確約した。

## 【二】お仕事開始

使用人の朝は早い。

東の空が白みかけた頃、一番鶏の鳴き声と共に起きて朝食の仕込み。

ふあー！　いっぱい食べてフカフカのベッドで寝たから、体が軽い！　いつもは怠くて起き上がるのも辛かったのに。

まずは昨日買った小麦粉でパン作り。昨日、粉屋さんにイーストを分けてもらったけど、後で自家製イーストも仕込んでおかないと。

「んっしょ。んっしょ！」

パン生地を捏ねるのは、かなりの重労働。

「よしっと」

一纏めにした生地を一次発酵させている間に、市場へお出掛け。案の定、朝市が出ていたので卵とベーコンの塊と野菜を買う。昼間にもう一度市場に行く予定だから、朝の買い物は少なめ。代金は買い物用にとシュヴァルツ様から預かったお金で支払う。

……昨夜、家に帰ってから、「生活に掛かる費用はここから出すといい」と言われて書斎に連れて行かれた時は、腰を抜かした。壁の隅に一抱えもある麻袋が三十個ほど置かれていたのだから。しかも、すべてに金貨がぎっしり。一瞬、盗賊団のアジトに迷い込んだのかと思いました。

報奨金の置き場がないから、一応鍵の掛かる部屋に仕舞っていると言っていましたが、全然仕舞っていません。床に放置です。早急に金庫か銀行に預けてくださいって懇願しちゃったよ。しかし、この邸宅には前住人の金庫があるんだけど、ダイヤル式の解錠番号が解らず。銀行には口座を持っていないそうだ。

あとで一緒に銀行口座を作りに行ったほうがいいのかしら？　でも、使用人がそこまで口を出すのは越権行為では……。でも、あんな麻袋と一緒に生活なんて、私の神経が擦り切れる。

「そもそも、執事でもない使用人に全財産開示しちゃうのは、どうかと……」

買い物から帰った私が、成形したパンをオーブンに入れていると、

「何を独りでぶつぶつ言っているんだ？」

「ひゃあ⁉」

突然背後から声を掛けられ飛び上がる。振り返ると、人を二、三人食い殺したような凶悪な形相のシュヴァルツ様が立っていた。……寝起きがとても悪いらしいです。

「おはようございます。よく眠れましたか？」

「おはよう。ベッドが柔らかすぎて落ち着かん。無限に体が沈んでいく」

……私と同じ感想なのに、反対の理由で眠れないのですね。

「以前いらしたところでは、どんなベッドで寝ていらしたのですか？」

前線要塞と貴族屋敷では、寝具も違うものね。主人の快適な眠りを提供するのも使用人の役目。ベッドのマットをお好みの硬さに調整しようと思ったのだけど……。

「板」

「……板？」

それは……今のベッドに慣れて頂いた方がよろしいかと。

「もうすぐ朝食ができますので、テーブルでお待ち下さい。卵料理は何になさいますか？」

「何とは？」

首を捻る彼に、私は説明する。

「ゆで卵、スクランブルエッグ、目玉焼き、オムレツ、ポーチドエッグがご用意できます」

「卵料理って、そんなにあるのか」

シュヴァルツ様は面倒くさげに眉を顰めて、

「じゃあ、目玉焼き」

「畏まりました。では、焼き方は？」

「焼き方？」

「片面焼き(サニーサイドアップ)、両面焼き黄身半熟(オーバーイージー)、両面焼き黄身固めの半熟(オーバーミディアム)、しっかり両面焼き(ターンオーバー)、更にしっかり両面焼き(オーバーハード)、片面蒸し焼き(ベーステッドエッグ)、片目(一個)、両目(二個)、三個以上でも……」

「待て待て待て！」

シュヴァルツ様は突然頭を抱(かか)えて叫(さけ)んだ。

「なんだ、その呪文(じゅもん)は？　俺は目玉焼きの話をしていたんだよな？」

「はい、ですから……」

「いや、いい。今日は目玉焼きはやめておく」

「？　……はい」

どうしたんだろ？　将軍って気分屋さんなのかしら？

彼は顎(あご)に手を当てて思案する。

「ミシェルの好きな卵料理はなんだ？」

「私はオムレツでしょうか」

「じゃあ、それ作ってくれ」

「畏まりました」

私は返事をしてから、

「では、具はどうしましょう？　プレーン、チーズ、ひき肉、野菜、ポテト……」

「うが――!!」

将軍は、とうとう髪を掻き毟って絶叫した！

ひぃっ、怖いぃっ。涙目の私の肩をガシッと摑んで、彼は切実に訴える。

「普通のにしてくれ、一番普通なヤツ！」

……プレーンオムレツでしょうか？

「はい、承知しました。では、お飲み物は？　コーヒー、紅茶、フレッシュジュース……」

「水でいい、水で」

将軍はげんなりと脱力すると、「顔を洗ってくる」と厨房を後にした。

……なんか、酷くお疲れのご様子だったけど……。

「そんなに寝不足なのかしら？」

私は不可思議さに首を傾げた。


「お待たせしました」

ダイニングテーブルに着いたシュヴァルツ様の前に置いたのは、バスケットに盛られた掌大の白パン十個とプレーンオムレツと厚切りベーコンと野菜サラダ。昨日の将軍の食欲的に卵四個使ったけど、我ながら良い火の通り具合のオムレツになりました。

ナイフとフォークを持ったシュヴァルツ様は、私と朝食の皿を見比べた。

「お前の分は？」

それは勿論、

「使用人はご主人様とは……」

「命令」

「……はい」

結局、同じメニューを同じテーブルで食べることになりました。広いテーブルの上座にシュヴァルツ様、右手側に私が座って食事を始める。私が自家製マヨネーズをつけたブロッコリーを齧っていると、

「なっ⁉」

突然、傍らのシュヴァルツ様がオムレツを口に運んだフォークを咥えたまま凍りついた。

「な、んだ……これは……」

唇を戦慄かせて、重低音を絞り出す。……な、なんか失敗しちゃったかな？

「あの、何かお気に召さないことでも……？」

私が恐る恐る尋ねると、将軍はカッと目を見開いて、

「オムレツが美味すぎる！　卵とはこんなにも劇的に美味い料理になるものなのか！」

「あ、ありがとうございます」

ごく普通のオムレツですが。

「いつもは黄身の周りが黒くなったゆで卵しか食べていなかったぞ」

……それは茹ですぎです。

「パンも美味いな。温かくて、いい香りがして柔らかい。何もつけなくても、噛むとほんのり甘みがある」

「焼きたては特別美味しいんですよ」

「いや、それだけではないだろう。前線要塞のパンはカビ臭くて釘が打てた」

……え？　パンの話ですよね、それ？

「王都に来てからもパンは食べてきたが、焼きたては初めてだな」

シュヴァルツ様は次々にバスケットの白パンを口の中に収めていく。

「ベーコンも焦げる直前までカリカリに焼いてあって、脂が香ばしい。塩漬け肉など、しょっぱい靴底だと思っていたぞ。それにサラダ！　萎れていない野菜など実在したのだな！」

いちいち大袈裟な感想を添えつつ、朝食を平らげるシュヴァルツ様。この方、食いしん坊なのに、あまり充実した食生活を送って来なかったようだ。……これからは、いっぱい食べて欲しいな。

「おかわりをお持ちしましょうか？」

空になったお皿に私が手を差し出すと、彼は私のお皿にちらりと目を遣って、

「いや、いい。そろそろ出掛ける時間だから」

そっと見ないふりをして立ち上がった。

……あ、私がまだ食べ終わってないのを確認して、おかわりを作りに行かないように遠慮したんだ。ご主人様は使用人に気を遣わなくていいのに。でも……ありがとうございます。

「シュヴァルツ様の今日のご予定はどのようになってらっしゃいますか？」

「平日は軍総司令部勤務だ。休日祝日は暦通り」

「承知しました」

お役所勤めってことね。ということは、終業は日暮れくらいか。

「俺は部屋で着替えてくるから、お前はゆっくり食ってろ」

「ありがとうございます」

ダイニングを出ていくシュヴァルツ様を見送って、食事を再開する。私の倍以上の量を盛っても私より早く食べ終わっちゃうんだから、シュヴァルツ様は凄い。

「それにしても」

ちらりと確認すると、バスケットは空っぽだ。

「……夕食のパンも一緒に焼いたつもりだったんだけどな……」

私が一つ確保した以外、シュヴァルツ様は九個のパンを全部食べてしまった。ちょっと彼の食欲を侮ってました。だけど……喜んでもらえて嬉しいな。

「夜はもっとたくさんパンを焼こう」

私は緩む頬をそのままに、オムレツを口に運んだ。


朝食が済むと、すぐに出勤の時刻だ。

「では、いってくる」

「いってらっしゃいませ」

玄関で後ろ姿が見えなくなるまでシュヴァルツ様をお見送りしてから、私はドアを閉めて「よしっ！」と気合を入れた。

今日から本格的に家のお手入れです！

一人だと一日でできる仕事量は限られているから、必要なことから始めよう。まずは現在使用中の居住スペースの掃除だ。本当は、外から丸見えの荒れた庭の手入れをしたいんだけど……。今は我慢。室内の快適さを優先しなきゃね。

シュヴァルツ様の私室に入ると、シーツやベッドカバー、カーテン等の布物を全部引っ剝がす！　私の部屋の物も同様に集めて、一気にお洗濯。物干し場いっぱいに大きな布を吊るしてピンチで留めて、マットレスも日当たりのいい場所に立て掛けたら、次は部屋の掃除。

「多分、ここよね」

屋根裏に上がると、思った通りそこは物置になっていて、掃除道具が一式揃っていた。奥の明かり取りの窓の側には簡素なベッドが四台。やっぱりこのお屋敷も使用人は屋根裏部屋を使っていたのだ。

「あ！」

飾り気のないクローゼットにメイドの制服が数着掛かっているのを発見して、私は思わず小躍りする。実家を追い出された時は最低限の肌着と小物しか持ち出せなかったから、今日で同じ服も二日目だ。丁度洗い替えが欲しかったのだけど。

「お借りしていいかしら？」

私は使用人なのだから、奉公先にある使用人の制服を着るのは間違ってないよね？

ちょっとカビ臭いからこれも洗濯して、シュヴァルツ様が帰ってきたら使っていいか許可をもらおう。濃紺のワンピースにエプロンドレス、それにメイドキャップとソックスを数枚洗ってから、室内の掃除を再開。

窓を全開にして天井の埃を払った後、掃き掃除と拭き掃除。シュヴァルツ様と私の私室、それに廊下と階段、一階の居間とダイニングと厨房の掃除が終わった頃には、もう昼下がり。

「大変！　お洗濯物取り込んで買い物行かなくちゃ！」

これ以上遅くなると市場は品切れになるし、夕刻には将軍が帰ってきちゃう。私は大慌てで買い物カゴを提げて市場へ急いだ。

午後の市場は夕飯の買い出し客で溢れていた。今日のメニューは何にしようと思っているると、

「そこの若奥さん！　うちは活きのいいの仕入れてるよ！」

魚屋さんに声を掛けられた。店頭には大きな鱒がまるまる一尾並んでいる。凄い、私の足の長さくらいの体長だ。鱗が虹色に光っていて見るからに脂が乗ってそう。でも、一尾は多いかな？　シュヴァルツ様、食べ切れるかな？

……うん、食べ切れるな。

「これ一尾下さい」

「へい、毎度！」

若い男性店員さんは反故紙に鱒を包んで渡してくれる。

「奥さん、見ない顔だけど、ここら辺の人？」

代金を受け取りながら、店員が訊いてくる。

「奥さんではなく使用人ですが、近くのお屋敷で働いてます。二つ先の辻を右に曲がった先の、槍柵のお屋敷で……」

お釣りを受け取りながら答える私に、彼はギョッっと目を見張った。

「あのお化け屋敷、人が住んでたのかい!?」

……やっぱり、そういう扱いですよね。庭はお屋敷の顔、早急に整えなきゃ。私は重い魚を抱えて、よたよたと家路に就いた。

お屋敷に帰ってきたら、夕飯の支度。まずはパン。今朝は白パンだったから、夜はライ麦パンにしよう。実家では白いパンの方が高級に見えるからって、白パンしか作らせて貰えなかったけど、私はライ麦の香ばしさも好き。シュヴァルツ様も喜んでくれたらいいな。

五対五の割合の小麦粉とライ麦粉に他の材料を混ぜて、ひたすら捏ねる。発酵を待つ間に、メインディッシュに取り掛かる。まるごとの鱒のワタを抜いて塩コショウして、香草と野菜をこれでもかってくらい詰める。それを蓋付きのグリルパンで焼けば、鱒の香草蒸し焼きの完成だ。貴族屋敷なので、大きい調理器具が揃っているのがありがたい。

あとはジャガイモと玉ねぎでポタージュスープを作って、生野菜サラダはシャキシャキの食感がお好きみたいだから、お出しする直前にレタスを千切ってトマトを切ろう。今朝より大きく成形したライ麦パンは、オーブンに入るギリギリの個数を並べた。

どの官庁も夕方には閉まるから、シュヴァルツ様もそろそろ帰ってくる頃よね。グリルパンからもオーブンからも、いい匂いが漂い出す。丁度出来たてで食卓に出せるといいな。

私はうきうきしながら将軍の帰りを待っていたのだけど……。

「……遅いな」

ぽつっと零した声が、厨房に木霊する。窓の外は真っ暗。夕方には帰ると思っていたシュヴァルツ様はまだ帰って来ず、もうすっかり夜になってしまった。

「お仕事がお忙しいのかしら？　それとも道に迷った？　まさか、急病で倒れたとか……」

勝手な想像がいくつも頭に湧いて、何度も立ち上がったり座ったり、歩き回ったりしてしまう。

「お迎えに行こうかな？　でも、職場に行ったら迷惑よね……」

口に出して、暴走しそうになる自分を抑える。もう少し、もう少ししたら帰ってくるはず。きっと……。テーブルに突っ伏して、そう自分に言い聞かせていた私は、いつしか眠りに引き込まれていた。

「……い。おい！」

背後から肩を揺すられ、私ははっと覚醒する。

あれ？　ここどこ？　ああ、そっか。ガスターギュ邸の厨房だ。

「こんなところで寝たら風邪引くぞ」

振り向くと、眉根を寄せたシュヴァルツ様の顔。私……彼を待っている間に寝ちゃったんだ。

今、何時だろう？　多分、深夜だよね。こんなに遅くにお戻りになったのだから、きっとお腹を空かせているに違いない。

「おかえりなさいませ。すぐにお夕飯の支度をしますね」

いそいそと立ち上がる私に、将軍はサラリと、

「ああ、飯なら部下と食ってきた」

……え？

すうっと血の気が引く感覚がした。たった今、帰ってきたばかりなのだろう。何事も無かったように外出用コートを脱ぐ将軍を、呆然と眺める。

……そうだよね。シュヴァルツ様にもお付き合いがあるものね。家でお食事なさらないこともあるよね。今朝、お出掛けになる前に確認しなかった私が悪いんだ。勝手にはしゃいで張り切って、勝手にがっかりして。私ってバカだ……。

ショックに無言になってしまった私を、シュヴァルツ様が怪訝そうに覗き込む。

「顔色が悪いぞ？　早く自室でやす……」

言い掛けた彼は……そのまま石のように固まった。目線の先には、バスケットに積まれたパンの山と、鱒の大皿。

「ああ――――っ!!」

シュヴァルツ様は、頭を抱えて大絶叫した。

「おい、これ、まさか、俺の夕飯か!?」

あ、気づいちゃった。ご主人様に不快な思いをさせるなんて使用人として最悪だ。どうしよう、きっと怒られる。やっぱり私はどこへ行っても気が利かない。

「いえ、あの、はい。でも、全然問題なくて……」

しどろもどろで取り繕おうとする私に、シュヴァルツ様はわしゃわしゃっと髪を掻き毟ってから、

「すまない！」

ガバッと膝におでこがくっつくくらい頭を下げた。

「ミシェルが夕飯を作っているなんて、考えもしなかった。そうだよな。俺、今朝何も言わずに家を出たから用意するのが当たり前だよな。なのにいつもの癖で食って帰ってしまって」

「いえ！　いいんです！　頭を上げて下さい！」

ご主人様の想定外の行動に、私もパニックだ。

「シュヴァルツ様がお気になさることではありません。私が勝手に勘違いしたことですから」

必死で宥める私に、彼は「違う」と言う。

「これは俺の失態だ。意思の疎通を怠った。一つの伝達ミスで一個師団が壊滅することだってあるというのに」

私は壊滅しないので安心して下さい。ちょっと……心が折れかけましたが。

「俺は住み込みで働いてもらう意味を理解していなかったな。これからは、事前に予定を伝える。本当にすまなかった。許してほしい」

「許すも何も……最初から怒っていませんよ」

シュヴァルツ様のあまりの落ち込み様に、私の方が困ってしまう。この方、自分に非があると認識すると、使用人(わたし)にも躊躇(ちゅうちょ)なく頭を下げるのよね。将軍の威厳(いげん)的にどうかは解(わか)らないけど……とても凄(すご)いことだと思う。

どうして彼は、赤の他人の私にこんなにも丁寧(ていねい)に接してくれるのだろう？　実家の人間は私になんか絶対謝らなかったのに。

シュヴァルツ様が特別なの？　それとも……？　どう受け止めていいのかまだ判断できない。だけど、彼の真摯(しんし)な行動に、私の心は温まっていく。

「もう遅(おそ)いですから、おやすみ下さい。私は少し片付けをしてから寝ますので」

微笑(ほほえ)む私に、シュヴァルツ様は眉を顰(ひそ)める。

「しかし……、もしかしてミシェルは、俺を待っていて自分の食事を摂(と)ってないのではないのか？」

ギクッ。

「そんなことは……」

咄嗟に誤魔化そうとしたけど、
きゅるるぅぅ〜〜〜っ。

ぎゃあ！　また空気読まないよ、私のお腹！　りんごより赤くなった私に、シュヴァルツ様は穏やかに目を細めた。

「遅くなったが、これから夕飯にしよう」

「え？　食べて来られたんですよね？」

「魚の一匹くらい、物の数ではない。晩酌をしたい気分なんだ。付き合ってくれ」

かなり大きな鱒なのですが……。もしかして、私が独りで食事を摂ることを気に掛けてくれたのかしら？　それはちょっといい方向に考えすぎかな？　でも、答えはもう決まっている。

「私はお酒飲めませんが、お付き合いします」

全然怒ってないけど……多分、これで仲直りだ。

「そういえば、蔵に古そうなワインが何本かありましたよ。お酢になってなければいいのですが」

「確かめてみるか」

シュヴァルツ様が悪戯っぽく口角を上げる。

ヴィンテージワインを開けて、鱒の蒸し焼きを肴に細やかな宴会。鱒はすっかり冷めきっていたけど、実家で作った時より何倍も美味しかったです。

……そして、食べきれなかったパンと副菜は、翌日の朝食になりました。

濃紺のワンピースに真っ白なエプロンドレスをキリリと締めて、栗色の髪はお団子にしてメイドキャップに仕舞う。姿見の前でくるんと一回り。うん、完璧なガスターギュ家の使用人の完成です！

やっぱり制服を着ると身が引き締まる気がする。私は一応令嬢なのでメイド服は初めて着たけど、思ったより動きやすい。襟や袖口が取り外し出来て、部分洗いできるのも機能的。

お屋敷に来てから三日目。些細なことでも口に出して感謝されるこの生活に、私は戸惑いながらも今までにない充足感を得ていた。実家で押し付けられた家事を嫌々こなしていた時とは違う。もっとシュヴァルツ様のお役に立って、もっと喜んでもらいたい。

その為にも、今日は朝からビーフシチューを仕込みます！

牛スネ肉と野菜でブィヨンを取るのに午前中いっぱい費やし、その間に作ったデミグラスソースと具材を入れて更に半日。火加減に注意しながら煮込んでいる間に、他の家事も手早く終わらせる。といっても、洗濯と空き部屋の掃除だけでタイムオーバーで、またも庭のお手入れまで辿り着けませんでした。

……早くお化け屋敷を脱したい。

パンは皮がパリパリのバゲット。二本焼いて、一本はそのまま、二本目はガーリックトーストにするつもり。何もつけないバゲットはシチューに浸して楽しめるしね。

蔵で見つけたワインはとりわけ上質な物ではないけれど普通に飲める味だったらしく、シュヴァルツ様が好きに使っていいと言っていたので、ありがたくビーフシチューの材料にさせて頂きました。お酒が飲めない私でも、アルコールを飛ばした料理なら大丈夫です。

ダイニングテーブルにアイロン掛けしたクロスを敷いて、カトラリーとお皿の準備は完了。寸胴鍋にはなみなみとビーフシチューがスタンバイしてます。

そろそろかな？　と思っていると、玄関の方から音がした。

「おかえりなさいませ！」

跳ねるように玄関に向かうと、そこにはシュヴァルツ様の姿があった。彼は私を見ると、少し戸惑ったように囁いた。

「……ま」

「はい？」

「……ただいま、っていうの慣れてなくて」

え？　照れてます？　所在なげに俯く将軍に、私もなんだか頬が熱くなってしまいます。

でも、これ以上玄関に居続けても料理が冷めるだけ！

「お食事が出来ていますので、ダイニングへどうぞ」

「うむ、さっきから堪らない匂いがしてた」

　私達はいそいそとダイニングルームへ向かった。

　主従で同じテーブルに着いて同じ物を食べるのは未だに気後れすることもあるけど、これがガスターギュ家の『普通』だ。

「明日は午後から出掛けるから、朝は起こさなくていい」

　シュヴァルツ様がそう切り出したのは、寸胴鍋の中身が半分になった頃だった。

「お仕事が遅い時間から始まるんですか？」

　空になった深皿に、レードルでおかわりのビーフシチューをよそって差し出すと、

「城に呼ばれたんだ。王を交えた防衛会議に出席する」

受け取ったシュヴァルツ様は、鼻にシチューがつくんじゃないかというほどお皿に顔を寄せて、スプーンで肉の塊を口に掻き込んでいく。

　さすが将軍閣下。王城で国王陛下や政府の首脳陣と祖国防衛の相談をなさるのですね。

　私まで誇らしい気分です。

「あれ？　と、いうことは、明日は正装の軍服をご使用ですか？」

「ああ」

「では、アイロンを掛けておきますね」

いつも着ている物ではなく、シュヴァルツ様のお部屋に掛かっていた勲章のたくさん付いた詰襟の軍服。あれが正装よね。

「別にそのままでいい」

「そんなわけにはいきません」

入城して王と謁見なんて、一大イベントです。粗相のないようにしなくては。あの軍服は上質なウールで出来ていたから、シミがないかを確認して、温度に気をつけてアイロンを掛けて……。

段取りを考えながらふと目を上げると、懸命に皿の中身を頬張るシュヴァルツ様の顔が見えた。

……ふふっ、お髭にシチューがついている。

ブイヨン用のスネ肉の他に、追加でモモ肉を大量投入したのは正解だった。口の中でほろりと崩れるほど柔らかく煮込まれた牛肉を堪能する彼を、私も和やかな気持ちで眺めていると、

「はっ!?」

突然、雷に撃たれたような衝撃を受けた。

「シュヴァルツ様……まさか、そのまま国王陛下にお会いになるおつもりですか？」

「ん？」

将軍はスプーンを咥えたまま首を傾げる。

「何か問題が？」

「大ありです！」

私は思わず叫んでしまう。だって、シュヴァルツ様の髪は、辛うじて目は見えるけど、全体的にボサボサで絡まり放題。髭だって伸びっぱなしだ。

「そんな格好で王様に謁見なんて出来ませんよ！」

私の祖父だって、領主会合でお城に行く時は大層身なりに気を遣っていたのに。真っ青になる私に、将軍はけろりと、

「いつもこのままだぞ？」

「え⁉」

問題になってないの？

「衛兵に止められるが」

なってるじゃん！

「どうにかしないと。ええと……」

本人にその意図がなくても、これは不敬罪になりかねない事態だ。私は両手で頬を挟んで思案して……、よし、と心に決める。

「シュヴァルツ様、理髪店に行きましょう！」


理髪店の朝は早い。

それが今日はとってもありがたい！

翌朝、私は寝起きで風貌の凶悪さ五割増しのシュヴァルツ様を引っ張って、理髪店に駆け込んだ。……いえ、実際私が将軍を引いてもびくともしないので、ただの比喩表現ですが。

「お昼までに軍服に似合う髪型にしてください！」

開店準備を始めたばかりの理髪店に突入し、シュヴァルツ様と軍服を押し付ける。

「おい、ミシェル……」

「お気張りください、シュヴァルツ様！」

不服そうな将軍を鼓舞し、私はお店の扉を閉めた。ふう、これで一安心。服装や髪型は個人の自由だけど、フォルメーア王国には『礼節』という言葉がある。時と所と場合によって身なりを整えることは大事よね。

……でも、強引に連れてきちゃって、シュヴァルツ様怒ってないかな？　仕事をクビになったらどうしよう。それでも……私が傍観したことで、彼がお城で後ろ指差されるより何倍もマシだ。

突っ走ってから落ち込むのは悪い癖、ここまできたらなるようになるだけだ。頭を切り替えて自分の仕事をしよう。私は一度理髪店を振り返ってから、朝市の立つ通りへと向かった。

「うう、買いすぎちゃった……」

肩が外れそう。安かったからって、ついキャベツ二玉とジャガイモ一箱も買ってしまった。

今夜はロールキャベツとマッシュポテトにしようかな？　シュヴァルツ様はたくさん食べるから、一つずつ巻かずに、両手鍋にキャベツとひき肉を交互に敷き詰めた『巨大巻かないロールキャベツ』にしようかしら。

一抱えもあるジャガイモの木箱の上にキャベツを載せたから、小柄な私には前がよく見えない。そろそろシュヴァルツ様の施術が終わる頃だから迎えに行かなきゃ。

えっちらおっちら小道を歩いていると、不意にドンッ！　と大木にぶつかった。

「きゃっ」

ああ、木箱からキャベツが転がり落ちた！　丸い野菜が地面にぶつかる……直前、大きな掌がそれをキャッチした。

「あ……」

と、驚く間もなくキャベツが木箱の上に返され、更に箱ごと私の手から奪い取られる。

「……重い物を持つのは禁止だと言っただろう？」

頭上から降ってきた呆れた声は――

「シュヴァルツ様……？」

――のものだった。そう、私のぶつかった大木はご主人様だったのだ。……けど。

私は空になった手をジャガイモの箱を持っていた形にしたまま、凍りついた。だって、見上げたその人は……。

筋骨隆々の巨軀を包むダークグリーンの詰襟の軍服に、金色の肩章。胸には燦然と輝く勲章が。全体を短めにしてオールバックに整えられた髪に、額と髭のない頬に残る深い傷跡。眼光の鋭さと精悍な雰囲気は変わらないけれど、気品さえ漂うその出で立ちは……。

「シュヴァルツ様……ですよね？」

「……ミシェル、寝ぼけているのか？」

怪訝そうに眉を寄せる彼は、やっぱりシュヴァルツ様でした。

「凄いです！　見違えました！」

理髪師さんに金一封を贈呈したいです！　これなら王城に馴染む完璧な『将軍閣下』です！

「とてもお似合いですよ！」

大絶賛の私に、シュヴァルツ様はそっぽを向く。

「顔が寒くて風邪を引きそうだ」

髭がないから、頬が赤いのが丸見えです。

「本当に、かっこいいです」

にこにこ言う私に、彼は憮然と、

「いつもの俺はダメか？」

「普段も素敵ですけれど、正装には正装に似合う髪型がありますから。善し悪しではなく、状況で自分を変えることも必要だと思います」

「確かに……この軍服を着ると、いつもより背筋が伸びるな」

少しだけ目を細めて頷くシュヴァルツ様の服装と髪型はよく合っている。……抱えているジャガイモは似合いませんが。それにしても……。

「シュヴァルツ様って、お若いんですね」

ずっと髪と髭で隠れていて年齢不詳だったけど、額と頬が顕になった顔はとても瑞々しい。

「そうか？　そんなに若くもないぞ。二十六だ」

「に……っ!?」

え？　わかっ！　地位の高さから、勝手にもっと高い年齢だと思っていました！

「その若さで将軍位に上り詰めるなんて、シュヴァルツ様は凄いんですね」

感心する私に、彼は唇を尖らせる。

「したくて出世したわけじゃない。上官が全員死んだから、自動的に俺が指揮官になっただけだ」

……その辺は、あまり触れて欲しくないみたいです。追及をやめた私に、今度はシュヴァルツ様が口を開いて、

「ミシェルは……」

言いかけて、そのまま閉じた。

「え？　なんですか？」

途中で止められると気になります。聞き返す私に、彼はぼそりと、

「いや、女性に迂闊に年を訊くと刺されるって、うちの補佐官が言ってたから」

刺しません。

「私は十八歳です」

「は!?　成人してたのか！」

今度はシュヴァルツ様が驚く番だ。

「小さいのに働き者だなと感心していたのだが」

因みに、我が国の成人は十五です。……どれだけ子どもだと思っていたのですか？

「まあ、年齢が判っても、小さくて働き者なのは変わらないがな」

……それは褒め言葉でしょうか？　ちょっぴり釈然としませんが……。まあ、いいです。

「出勤までまだ時間がありましたら、家でお昼食べて行きますか？　トマトパスタなら早く作れますよ」

「食う」

即答されると顔がにやけてしまう。

「あ、食べる時は軍服脱いでくださいね。トマトのシミがつくと大変なので」

……しまった。余計なこと言っちゃった。口にしてから後悔する私に、シュヴァルツ様は鷹揚に頷く。

「ミシェルは気が利くから助かる」

「……！」

髭に隠れていない顔で肯定されると、いつもより破壊力が大きくて……。

私は真っ赤になって俯くことしかできなかった。

## 【三】報われる日々

「おはようございます、シュヴァルツ様。今朝の卵料理とお飲み物は何にしましょう？」

朝、部屋から下りてきたご主人様にそう尋ねるのが、私の日課。

寝起きの悪い彼は今にも閉じそうな目を何度も瞬かせながら気だるげに頭を掻く。

「ゆで卵と……飲み物は何でもいい」

その回答が一番困ります。

「せめて、コーヒーか紅茶か決めて頂けると……」

山と海に囲まれ、地域によって気候が異なるフォルメーア王国では、北東部では茶の木、南西部ではコーヒーの木の栽培が盛んだ。特に物流の拠点である王都には様々な種類のお茶の葉とコーヒー豆が入ってくるので、喫茶文化の発展が目覚ましい。家で飲むだけでなく、街にはコーヒー・紅茶の専門店も多い。

色んな味と淹れ方が選び放題で、国内でもとても贅沢な環境なのだけど、

「どちらでもいい。どうせ炒り豆の煮汁か乾燥した木の葉の煮汁かの違いだろ？」

大あくびをしながら顔を洗いに水場へ向かうシュヴァルツ様。

……興味のない方には無意味な話でした。このお屋敷には前住人が残していったサイフォンもティーセットもあるのに宝の持ち腐れだ。

ちょっぴり張り合いはないけど、でも手抜きはしませんよ。

ティータイムを大事にしていた母の影響で、私は紅茶もコーヒーも好き。今日は市場で買ってきた三種類の茶葉の中から変わり種を選んだ。スプーンで二杯分の茶葉をティーポットに入れて沸騰したお湯でしっかり蒸らす。

身支度をしたご主人様が席に着くタイミングで、テーブルに朝食のプレートを出して、カップにお茶を注ぐ。薄紅色の液体から広がる甘酸っぱい香りに、シュヴァルツ様は高い鼻をひくつかせた。

「この紅茶、昨日と違うのか？」

「はい。昨日は東部産の伝統製法の純粋茶でしたが、今日は茶葉に花弁やドライフルーツを混ぜた混合茶です」

シュヴァルツ様は警戒するように眉を寄せて、持ち上げたティーカップを顔に近づけ匂いを嗅いでから、慎重に唇をつけた。ごくんと喉が上下し、目を見開く。

「いい香りだ。それに仄かに甘い」

「入れる物によって色々な風味を楽しめるのが、混合茶の魅力です。王都では好みの材料を混ぜて自家製茶を作るご家庭も多いのですよ」

「勿論、一種類の茶葉だけでも、産地や発酵方法、蒸らし方によって味も香りも変わります」

「ほう」

「そうなのか」

彼は感心したように息をつく。

「前線では茶葉のような嗜好品は配給が少なくてな。色が出なくなるまで湯を足して飲んでいたから、こんなに風味豊かで奥深いものだとは知らなかった」

……聞けば聞くほど大変な環境でしたね。

「このお茶は、ちょっと素敵なんですよ」

私は悪戯っぽく笑ってはちみつを一匙垂らす。すると、薄紅のお茶は金へと色を変えた。

「おお！」

シュヴァルツ様は子どものように声を上げる。

「凄いな。ミシェルは魔法使いか」

無邪気に褒められるとこそばゆい。

「凄いのは私ではなくお茶の方です」

苦笑する私に、彼は生真面目に首を振る。

「いいや、ミシェルは凄い。俺に毎日新しいことを教えてくれる」

……それは私も同じです。

全く別の人生を歩んできた私とシュヴァルツ様は、お互いに知らないことだらけだ。こうやって些細なことから違いに気づいて……彼が快適に過ごせる場所を創るお手伝いをしていきたい。それが今の使用人の存在意義だ。

出勤前の忙しない時間の筈なのに……向かい合って紅茶を啜っていると、ここだけ時がゆっくり流れている気がした。

片付けの終わった厨房のランプを消す。二人しか住んでいないガスターギュ邸は、夜は静かでちょっぴり物寂しい。

エプロンを解くと、今日の私の業務は終了です。気が抜けると、ふわぁっと大きなあくびが出てしまう。さて、部屋に戻って早く寝よう。

廊下に出ると、居間から灯りが漏れているのが見えた。まだシュヴァルツ様はお休みになっていないのかしら？

「シュヴァルツ様、お先に失礼しますね」

ドアから顔を出して室内に声をかけると、

「ああ。おやすみ」

ソファに座ったシュヴァルツ様が挨拶を返す。彼は上半身裸で、綺麗に隆起した胸筋や

上腕二頭筋を惜しげもなく晒していて……⁉

「きゃ……！」

私は思わず両手で顔を覆って叫びそうになったけど、指の隙間から見えた光景に、気を取り直して慌てて駆け寄った。

「どうしたんですか、それ！」

彼の左脇腹には、生々しい擦過傷があった。

「今日、部下の鍛錬中にちょっと、な」

ちょっとって！

「大怪我じゃないですか！」

真っ青になる私に、将軍はけろりと、

「相手の怪我の方が五倍は酷い」

……おおぅ。

「大したことはないが、薬を塗っていたんだ。この軍医からもらった膏薬はよく効く」

シュヴァルツ様はブリキ缶から半透明の塗り薬を指で掬い、傷口に塗っていく。

「お手伝いしましょうか？」

「では、ガーゼを貼ってくれ」

「畏まりました」

私は薬を塗った患部をガーゼで保護し、胴に包帯を巻いていく。日に焼けて引き締まったシュヴァルツ様の身体。無数の古傷の残るそれは痛々しいのにやけに艶めかしくて……何故かドキドキして直視できません。

ぎこちなくなってしまう私の指先の動きを、彼はじっと見つめている。緊張で手元が狂いそう。

「は、はい。終わりました」

包帯の端を留めて逃げるように距離を取る私に、彼は「ありがとう」とシャツを着る。

小さなことでも必ずお礼を言ってくれるところが嬉しい。

「体の傷は治るからいいが、怪我した時に着ていた服も破れてしまった。一応洗濯場に出しておいたのだが」

「では、繕っておきますね」

私は言ってから、ふと、シュヴァルツ様くらいのお金持ちなら、破れた服は捨てて新しいのを買うのかな？　って思ったけど。

「助かる。俺の体に合う服はあまり売っていないから、一枚でも減ると困る」

……ああ、確かにシュヴァルツ様の体型は、既製品にないサイズですよね。

「解ります。私も成人にしては小柄な方なので、普通にお店で売っている服は丈をお直ししないと着られなくて。この服も裾を纏ってるんですよ」

　肩やウエストも摘まんでいたりします。

「ミシェルは裁縫ができるのか」

「嗜み程度ですが。実家では家族の服を縫ってました」

　……実際は、既製品を買うお金がなかったので、流行りの服を手作りさせられていたわけですが。

「それは大したものだ。俺は縫うのが下手だから」

「シュヴァルツ様もお裁縫をなさるのですか？」

「ああ」

　それは意外！　驚く私に彼は事も無げに付け足す。

「軍医が足りない時は、自分で縫っていた」

　……その腕の傷の上にあるジグザグの痕は、もしかして……？

「えっと、シュヴァルツ様のお召し物のサイズだと、既製品から探すより仕立て屋さんに頼んだ方がいいですね」

　私は無理矢理話題を変えた。

「最近の仕立て屋さんはミシンがあるから、作るのも速いですよ」

「ミシン？」

「足で踏むと、針と糸が動いて勝手に縫ってくれる機械です」

「へえ、便利だな」

べらぼうに高いですけどね。

「じゃあ、そろそろ私は部屋に戻りますね」

「あ、そうだ、ミシェル」

ドアに向かう私の手を、シュヴァルツ様が摑んだ。

「……!?」

そのまま両手を大きな掌で包み込まれ……もみもみと捏ねられる。

ひえ!? なんか手を撫でられてる!?

「あ、あの??」

うろたえる私に、シュヴァルツ様は顔色一つ変えず、

「薬が余ったから」

……わけもわからず軍医の膏薬を塗り込まれて、手がぬるぬるベトベトになりました。

「おやすみ、ミシェル」

「おやすみなさい、シュヴァルツ様」

不可解なまま、私はベッドに入りましたが……。翌朝、荒れ放題だった私の手指はツルツルになっていました。

「ごちそうさん」

「お粗末様でした」

二人での夕食が終わり、私がお皿を片付け出す。食器洗いが済んだら、後は自由時間だ。シュヴァルツ様は居間か自室で寛ぐことが多いし、私は部屋で本を読んだり繕い物をしたりしている。

シュヴァルツ様が屋敷に残ってる衣類は好きに使っていいと言ってくれたから、時間がある時は、使えそうな服のサイズ直しをしている。私の私服は実家から着てきた物だけだったから、メイド服以外にも部屋着や外出着があると嬉しい。

でも、お屋敷に残してある衣類は、やっぱり不要になったから置いていった物ばかりのようで、流行遅れのデザインのドレス等が多い。ドレスは生地は上等だけど、普段着にリメイクするには難しい。生地か既製品の普段着が欲しいな。あと、肌着も足りない。

「……実家に戻って取ってこようか」

ぽそっと呟いてから、ぷるぷると首を振る。いや、実家には帰りたくない。きっと……私の物なんか処分されているはずだ。

変な話だけど……長く暮らした実家より、一週間しか暮らしていないガスターギュ邸の方がよっぽど居心地が良い。だってここは、理不尽に怒鳴られたり馬鹿にされたりしないもの……。

「ミシェル」

「はい!?」

洗い物の最中、不意に声を掛けられて、私は飛び上がった。拍子に泡だらけの手から陶器のお皿が滑り、タライの中で派手な音を立てて割れてしまう。

ああ！　なんてことを！

「も、申し訳ありません！」

私は慌てて頭を下げる。考え事をしていたからって、不注意過ぎる。

「お皿は弁償しますので、どうか……」

「構わん。皿なんて割れるものだ。それより怪我は？」

シュヴァルツ様は私の手を取り、掌と甲を確認する。

「傷はないな、良かった。いきなり声を掛けて悪かったな」

真っ先に私を心配してくれる彼に、何故か泣きたくなってしまう。

「あの、御用は何でしょう？」

割れたお皿を片付けてから、私から尋ねる。明日の予定の話し忘れでもあったのかな？

と思ったら。

「ああ、これをまだ渡していなかったから」

彼は小さな革袋を取り出した。開けてみると、中には金貨が七枚。

「何ですか？」

首を傾げる私に、彼は飄々と、

「今週の給金」

「きゅ……!?」

思わず仰け反る私に、シュヴァルツ様は訝しげに眉を寄せた。

「足りないか？」

「多いです！」

日給金貨一枚換算なんて……。庶民の一ヶ月のお給料が金貨二枚程度なのに！ というか、そもそも金貨を手にする機会が滅多にないのに！ それに、

「あの……私は支度金を頂いているので、別途のお給金は不要なはずでは？」

実家の借金を返せる額だから相当貰っているはずで、多分それには前金も含まれているはずだ。

「人材派遣組合の契約書に書いてありませんでしたか？」

「読んでない」

読んで！ 契約書の確認大事！

「と……とにかく！ これは頂けません！ 私には貰う権利がないんです！」

革袋を返そうとする私に、シュヴァルツ様は不思議顔だ。

「何故、貰う権利がないと思う？」

「……え？」

「以前俺の居た砦では、戦果に合わせて給金の他に個別の報奨を与えていた。それで俺も出世したり金品を貰ってきた。働けば給金が出るのは当然。働きが悪ければ減給されるし、働きが良ければ報酬は弾む。ミシェルは俺の期待以上に良く働いてくれている。俺は他人の褒め方を良く知らないが、だからこそ目に見える形で報いたいと思っている」

　私の手を取り、改めてシュヴァルツ様は革袋を載せる。

「これは俺からミシェルへの正当な評価だ。気兼ねなく受け取るといい」

　掌から伝わるお金の重みに、私は……、

「う、うぅ……っ」

「な、ど、どうした!?」

　ボロボロと涙を流す私に、シュヴァルツ様は狼狽える。

「俺、何か悪いこと言ったか？　それともどこか痛いのか!?」

　頓珍漢に慌てふためく彼に、泣きながら笑ってしまう。

「違うんです。嬉しくて……」

　実家では、何をやっても文句ばかりで……働きを褒めて貰うことなんてなかったから。

「ありがとうございます、シュヴァルツ様。これからも誠心誠意勤めさせて頂きます」

私は深々と頭を下げる。

「うむ。だが根を詰めるなよ。無理して体を壊すより、長く働いてもらった方が俺的にはありがたい」

頷く彼に、私は微笑み返す。世の中お金がすべてではないけれど……。『金銭』が大きな評価基準になることも、また真理。シュヴァルツ様が私を評価してくれるのなら、それを受け止め、更に恩に報いよう。

「でも、これは多すぎるので、暫くは何も受け取りませんからね」

「む？　そうなのか？」

……将軍の金銭感覚が心配です。後で人材派遣の契約書を二人で確認したいと思います。

でも、嬉しいな。これで服も肌着も買い足せる。私は手の中の革袋を大切に握りしめた。

あと……シュヴァルツ様に何かプレゼントを買おう。


朝起きてから、夜寝るまで。この数日で、ガスターギュ家当主の行動がなんとなく解ってきた。

例えば、居間の暖炉の側の長椅子はシュヴァルツ様のお気に入りの場所。

用事があって彼を捜すと、自室に居ない時は大抵そこに居るから見つけやすい。居間って家族団欒の為に作られた空間だから、温かい感じがするんだよね。だからシュヴァルツ様もこの場所に惹かれるのかも。

夕食後、伝え忘れていた明日の予定を話そうと居間に向かうと、彼は長椅子の肘掛けを枕にうたた寝をしていた。大きな身体は座面には収まり切らず、足は床に投げ出されている。

こんなところで寝ていたら風邪を引いちゃう。

でも、気持ちよさそうにくうくう寝息を立てている姿は、起こすのに忍びない。とりあえず寒くないよう配慮して、もう少し様子を見ようかな。

――正直、今の生活に慣れ始めていた私の気は緩んでいた。だから……この行為は迂闊だったかもしれない。

私が予備の毛布を広げて、彼にそっと掛けようとした……刹那。

グワッ!!

突然、大きな手が私に向かって突き出された！

「え？」

一瞬、何が起こったか解らなかった。

硬直する私の喉元に、逆光に黒く染まった手が迫る。上体を起こしかけたシュヴァルツ様が虚ろな瞳で獲物を睨んでいる。仄暗いランプの灯に照らされて陰影深く刻まれた顔は、まるで地獄絵の悪魔のようで……！

恐怖に瞬きすらできない。私の皮ばかりの首を、翼を広げたコウモリのような掌が握り潰す――

「っ！」

――寸前、紙一重で彼の手は静止した。

霞がかっていたシュヴァルツ様の瞳が、徐々に光を取り戻し……、

「うわぁ!?」

彼は仰天して弾かれたように手を引っ込めた。

あまりのことに、私はへなりとその場に膝をついた。思わず確かめるように両手を首に当てる。唾を飲むとごくんと上下する喉に安堵する。触れてもいないのに本当に摑まれたかのような錯覚、あれが……殺気というものだろうか。

「な!? あ？ 俺は何を？ ここは……？」

頻りに辺りを見回し、状況を理解したのかみるみる顔色を真っ青に変えていくシュヴァルツ様。

「だ、大丈夫か、ミシェル。怪我は……？」

私の腕を取り、引き起こす彼の手は氷のように冷たく震えている。私も……震えている。

「……だい、丈夫……です。な、なんともありま、せん……」

ガチガチと歯の根が嚙み合わない中、ようやくそれだけ絞り出す。時間にすれば、ほんの数秒ほどの出来事だ。そんな一呼吸ほどの時間の中で……死を覚悟した。

シュヴァルツ様は苦しげに眉を寄せ、唇を嚙んだ。

「すまない、ミシェル。俺は……。本当に申し訳ない」

私より二回りも大きな身体を頼りなげに縮める彼に、何故か胸が痛くなる。

「いいえ、私……なんともない……ですから」

無理矢理笑って見せるけど、膝が震えて立っているのが精一杯だ。

「お休みのところ、お邪魔してすみません。わ、私……部屋に……」

……もう限界。私は辛うじて頭を下げると、踵を返して居間から逃げ出した。

横目に魂が抜けたように長椅子に崩れ落ち、項垂れる将軍が見えたけど……気づかぬふりをしてドアを閉めた。


自室に戻ると、私はベッドに飛び込んだ。仰向けになって天井を眺める。胸に手を当てると壊れるんじゃないかと思うほど鼓動が速い。

……今のは、何だったのだろう？

私はただ、彼に毛布を掛けようとしただけなのに……いきなり、襲いかかってきた。

でも、あれは……？

何度も深呼吸してから、私は立ち上がった。エプロンを外しながら移動して、ドレッサーの前に座る。メイドキャップを取ってお団子髪を解くと、丁寧に髪を梳いていく。

わざと日常的な行動をすることで、平常心を取り戻そうとしたのだけど……。

「……」

目を閉じると、鬼の形相のシュヴァルツ様が瞼に浮かぶ。

目を開けると、鏡に映っているのは青白い私の顔と……貧相な細い首。

急激な寒気を感じ、私は両手で首を押さえて身震いする。

「……」

怖かった。

実家でも色々嫌な目に遭ってきたけど、あれは別物だ。

初めて……他人に明確な『殺意』を向けられた。

多分……あれは事故だ。

シュヴァルツ様の様子からして、無意識に……というか、寝惚けていたのだろう。きっと彼に悪意はなかった。不用意に近づいた私が悪い。

そうやって自分に言い聞かせるけど……。

「……怖い」

本能からくる恐怖は拭えない。事故だったとしても、あれは間違いなく人を殺す動作だった。

あと一秒でも彼が正気を取り戻すのが遅かったら、私は死んでいた。

……あの人はやっぱり、噂に違わぬ『戦場の悪夢』だったのだ。私の首を手折るなんて造作もない。圧倒的な力の差を感じて、それでも一緒に暮らしていける？

「でも……」

『すまない』

言い訳もせずに謝罪する彼の姿を思い出すと、苦しくなる。

私はシュヴァルツ様と知り合ってまだ日が浅い。だけど、彼はいつだって私に誠実に接してくれた。

だから……もう少しだけ、信じてみたい。

怖気づく足を無理矢理引きずって、私は下ろした髪のまま、もう一度居間へと向かった。

二回ほど躊躇ってから、ノックを三回。

「シュヴァルツ様、いらっしゃいますか？」

待っても返事のないドアを開けると、先程私が出ていった時と同じ形で項垂れている将軍が見えた。ずっとこのままだったのかな。

彼は目だけ上げて私を確認すると、すぐに逸らした。

「……何の用だ？」

抑揚のない声。

「えっと……ちょっと喉が渇きまして。シュヴァルツ様もご一緒にいかがですか？」

私は努めて明るく振る舞いながら、飾り棚からサイフォン式のコーヒーメーカーを取り出し、テーブルに置いた。

ランプでフラスコの水を温めている間に、コーヒー豆を挽こう。コーヒーミルに深煎りの豆を入れて、ゆっくりとハンドルを回していく。このミルも前住人が置いていった物。見つけた時はお屋敷同様埃を被っていたけど、お手入れしたら十分使える。

ガリゴリと小気味よい音と共に、深煎りの香ばしい匂いが室内に広がっていく。

「……いい香りだな」

ぼそっと呟く彼に、私は微笑む。

「コーヒー豆は、ゆっくり一定の速度で挽くんですよ。急いで速く回すと、ミルの摩擦熱で豆の味や香りが落ちてしまうことがあるのです」

ゆっくり、ゆっくり、丁寧に。時間を掛けることにも意味がある。

ガリゴリガリ。

目を閉じて音と香りを感じていると、不思議と心が落ち着いていく。

……お母様もよくこうやってコーヒーを淹れていたっけ。まだ小さかった私は見ているだけだったけど、手順はちゃんと覚えている。

挽き終わった豆の粉をロートに移していると、それまでじっと私の作業を見ていたシュヴァルツ様が気まずげに顔を上げた。

「ミシェルは……俺が怖くないのか？」

……それは……。

「正直、怖いです」

私の隠さぬ本音に彼はうっと怯むけど、

「でも、さっきのはわざとじゃなかったんですよね？」

確認されて、シュヴァルツ様は伏し目がちに口を開く。

「……違う。昔の癖で、人の気配を感じるとつい攻撃してしまうんだ。さっきは完全に油断していたから、余計に焦って……」

忍び寄って来た敵を反射的に排除しようとした。

「すまないことをしたと思っている。危うくお前を殺しかけた。謝って許されることではない。取り返しのつかないことになったかもしれない」

シュヴァルツ様は広げた掌で顔を覆う。

「結局、俺は……どこに行っても変われない」

……この人は、きっとたくさんの人を傷つけて……、自分もたくさん傷ついてきたのだろう。私には、彼の今までの人生を変えることは出来ない。だけど、

「では、これからはシュヴァルツ様を起こす時は十分な距離を取ってお声掛けしますね」

「……は？」

キョトンと目を見開いた顔を上げた彼に、私は微笑む。

「そうすれば、寝惚けて手を伸ばしても当たりませんから」

シュヴァルツ様は私の言葉を理解しそびれたようで、固まったまま動かない。そんな彼に、私は出来上がったばかりのコーヒーをカップに注いで差し出した。

「シュヴァルツ様、私は大丈夫でしたよ」

戸惑う彼に、目を見て告げる。

「シュヴァルツ様が手を止めてくれたから、私は無傷です。だから……大丈夫ですよ」

だからそんなに自分を責めないで。

我が国最強の将軍は、一瞬泣きそうに顔を歪ませて――

「そうか……俺は手を止められたのか」

――くしゃりと微笑んだ。

張り詰めていた空気が緩んでいく。ほうっと息を吐き出したシュヴァルツ様は、熱いカップに口をつけた。

「美味いな」

穏やかに目尻を下げる。

「俺の赴任先では紅茶同様コーヒーも滅多に手に入らなかったから、あまり飲んだことがなかったし、興味もなかった。だから、皆が何故あんなに豆の煮汁をありがたがっていたのか不思議だったのだが……」

もう一口、ゆっくりと味わう。

「やっと、その意味が理解できた」

ランプの灯に映える穏やかな横顔は、もう怪物には見えない。ガスターギュ家で暮らし始めて数日。まだまだ不安や戸惑いはあるけど……。

今日はコーヒー一杯分、シュヴァルツ様を知ることが出来ました。


「シュヴァルツ様、おはようございます。朝ですよー！」

翌朝からは、将軍が自分で起きてこない時はドアをノックして、それでも出てこない時はドアを薄く開いて呼びかけるようにした。

私の声に応えて、ベッドの上でもぞもぞと動き出す巨大芋虫……否、毛布を被ったシュヴァルツ様。

彼は声を半分あくびに消されながら挨拶を返す。

私達は並んで階段を下りていく。厨房からは焼きたてのパンの匂いが漂っている。もうお馴染みになりかけている、毎朝の光景。

「今日はよく眠れましたか？」

何気ない問いかけに、シュヴァルツ様は「ああ」と頷く。

「ベッドに寝転んでも埃は立たないし、カビ臭くもない。マットレスの柔らかさにはまだ慣れんが、枕の硬さは程良い。以前は夜中に何度も目を覚ましていたが、最近は朝まで起きなくなった」

それは良かった。洗濯に天日干しに枕の綿の調整にと、頑張った甲斐がありました。

「みんなミシェルのお陰だろう。ありがとう」

改まってお礼を言われるとこそばゆい。

「い、いえ、私はただ普通に仕事をしているだけで……きゃっ！」

焦った足が階段を踏み外す。私が前のめりに転びそうになった……その時。力強い腕が掬い上げるように私を抱きとめた。

「大丈夫か⁉」

「は、はい。なんとも……」

「おは……」

安定感のある腕に支えられ、私は体勢を立て直す。彼の強靭な肉体は、何かを壊すだけではなく、誰か――私――を助ける為にもある。

「ありがとうございます。シュヴァルツ様は命の恩人です」

「大袈裟だな」

全力で感謝する私に、彼は苦笑してから、

「だが、気をつけろ。ミシェルが怪我をしたら……俺が困る」

真面目な響きの声で言う。

「ご飯作る人が居なくなっちゃいますものね」

私が軽く返すと、将軍は複雑そうに眉を寄せた。

「……それだけじゃない」

ふいっと顔を逸らし、残りの階段を先に行くシュヴァルツ様。

あれれ？　私、気に障ること言っちゃったかな？

……うちのご主人様は、たまに難しいです。

ちゃぷんとお湯の跳ねる音が心地好い。

「ふう……」

私はため息とともに浴槽の中で腕と足を伸ばした。ここは街の公衆浴場。フォルメーア王国ではお風呂のある家はほとんどなく、貴族も庶民も皆、公衆浴場に通っている。一応、朝から夕方まで営業しているけど、午前中に入りに来る人が多い。

私もいつもはシュヴァルツ様を送り出してからお風呂に行って、それから家事を始めている。使用人たるもの、身嗜みは大事。清潔にしておかないとご主人様に不快な思いをさせますからね。

因みに、シュヴァルツ様は仕事終わりに軍施設の共同浴場で入ってくるのだそう。普段は仕事があるから素早く体を洗って上がるけど、今日は肩まで浸かってのんびりお湯を堪能する。

だって、今日は休日だから！

週に一度の国の定めた休養日。官庁が――当然シュヴァルツ様も――お休みの日に、彼は「ミシェルも家のことを一切やるな」と命じました。

「仕事はメリハリが肝心だ。休養日はしっかり休んで、平日を乗り切る英気を養え」というのが、シュヴァルツ様のお言葉。なので、今日は洗濯も掃除もなしで、食事も外食かテイクアウトだ。オーブンに火を入れることも禁止と厳命されてしまったので、朝は昨日の残りのパンだけで卵も焼けなくて……ちょっぴり手持ち無沙汰です。

……私、働いてないと何していいか解らない人間なんだ……。

実家では、休む間もなく何かしら用事を言いつけられていたからなぁ。もっと、自分で考えられるようにならないと。

ということで、家にいるとうっかりお掃除を始めちゃいそうなので、街に出た。長湯でリラックスした後は、火照った身体を冷ましがてら散策。休養日は学生やお勤めの人が休みな分、市場は平日とは違った人出で混雑している。

お小遣いはたっぷりあるから、とりあえず自分の服や日用品を買い足して、あとはシュヴァルツ様への贈り物を探そう。将軍は何が好きなのかな？　趣味とか全然知らないや。

色々考えながら歩いていると、

「ねえ、君！　ハンカチ落としたよ」

不意に声を掛けられた。振り返ると、爽やかそうな青年が私に見慣れない花柄のハンカチを差し出している。

「それ、私のじゃないです」

「あれ？　違ったのか」

彼はいそいそとズボンのポケットにハンカチを仕舞って、

「でも、せっかく知り合えたんだし、偶然に感謝だね！　君、ここらへんの子？　お茶でもどう？」

突然ぐいぐい来られて、私は思わず後退る。あ、これ、ナンパだったんだ。

「いえ、結構です。急いでますので」

本当は全然急いでませんが。

「そう？　さっきから見てたけど、暇そうにお店眺めてたじゃん。買い物付き合うよ？」

わあ、見られてた！　ちょっと怖い。

「いえ、本当に大丈夫ですから」

「いいじゃん、行こうよ。楽しいよ」

ぎゅっと手首を掴まれる。

「やだ……」

私が必死に振りほどこうとした、その時。

「何してる？」

不意に頭上が翳った。振り仰ぐと、そこには巨木のような……シュヴァルツ様。

「俺の連れに何の用だ？」

歴戦の英雄の地の這うような重低音に、ナンパ青年の顔は青を通り過ぎて真っ白になる。

「ななななんでも、なにも、してな……！」

恐怖に舌が回らず、青年は転げるように逃げていく。……何もしていないのに、凄い破壊力です。

「……邪魔したか？」見上げる私に、彼はバツが悪そうに後頭部を掻いて、

「いいえ！　すごく助かりました！」

私は思わずシュヴァルツ様を拝んでしまう。

「でも、どうしてここに？」

寝起きの悪いシュヴァルツ様は、私が家を出た時はまだ自室でお休みだったのに。

「小腹が空いたから、何か食いに来た」

今はお昼時。家に何も用意してなかったから、外食しに出てきたらしい。

「そうだったんですか」

それなら一緒にお食事でもと言いたいところだけど。今日はお互いに休日で自由行動だから、誘わない方がいいのかな？　シュヴァルツ様も独りの休日を満喫したいよね。

「では、私はこれで……」

挨拶して立ち去ろうとした私は、ふと、シュヴァルツ様がどこかを凝視しているのに気がついた。視線を辿ると……そこはログハウス風の可愛い外観のカフェテリアだった。オープンテラスでは、私と同年代の女の子達がフルーツパフェを頬張っている。

……えーと。

「シュヴァルツ様、私も丁度お腹が空いたのですが、あのお店に寄って行きませんか？」

私がカフェテリアを指差すと、将軍は「うぇ!?」と動揺の声を上げた。

「いや、まあ……ミシェルがそこまで言うなら……」

そこまでは言ってませんが、流れに乗っておきましょう。

「ぜひお願いします！」

渋々という体の将軍を連れて、私はカフェテリアに入った。

レースとフリルに彩られた店内は、見事に女性客とカップルだらけだった。店内奥のテーブルに通され、丸っこい飾り文字で書かれたメニューを開く。

「シュヴァルツ様は何にしますか？」

「……任せる」

むっつり唇をへの字に曲げてメニューを見もしない将軍。

……あれ？　誘ったのは間違いだったかな？　ちょっと不安になりつつ、私は店員さんを呼んだ。

「ええと、この『森の妖精さんのナイショのパルフェ』と、『こんがりきつね色のふわふわパンケーキ』を下さい。飲み物はミルクティーと……、シュヴァルツ様は？」

「同じ物を」

「畏まりましたぁ！」

私の仕事着の踝丈のクラシカルなデザインと真逆の、膝上丈にヘッドドレスの可愛いメイド服を着た店員さんが頭を下げて厨房に向かう。その間も、腕組みして所在なげなシュヴァルツ様に、余計なことをしたかな……と私が内心落ち込んでいると、

「お待たせしましたぁ！」

　元気な店員さんが料理を運んできた。私の座高より高いフルーツパフェに、シュヴァルツ様が黒い瞳を輝かせる。

　……お？

「いただきます」

　パフェを彼に、パンケーキを私の前に配膳してもらい、いざ、私がナイフとフォークを持った……瞬間、シュヴァルツ様のスプーンが一気にパフェの三分の一を抉った！　そしてそれを目にも留まらぬ速さで口に入れ、幾度咀嚼したのか心配になる勢いで飲み込む。擬音にしたら、バクッ！　バクッ！　バクッ！　の三口で、パフェのグラスは空になっていた。

　……私、まだパンケーキを一切れも切り分けていませんが……。

「て、店員さーん！」

　私は慌てて店員さんを呼ぶ。

「ここからここまで、全部持ってきて下さい」

　とりあえず、八種類のデザートメニューのすべてを頼み、自分のお皿に取り掛かる。

　次々と運ばれてくるスイーツを、瞬く間に完食していくシュヴァルツ様。

「シュヴァルツ様って……もしかして、甘い物がお好きなんですか？」

尋ねてみると、彼は頬を赤らめて視線を泳がせる。

「戦場では甘味が滅多に手に入らなかったから、その反動で、時々無性に食べたくなるんだ」

なかなか大変な事情でした。

「このお店は近いから、いつでも来られますね」

私はフォローしたつもりだったが、彼は気難しそうに眉根を寄せて、

「以前、独りで甘味屋に入ろうとしたら、客は逃げ出すし店員は怯えるしで、席に着くことすら出来ずに帰ったんだ」

……確かに、以前のシュヴァルツ様はちょっと……山から下りてきた怪物の風情がありましたから。可愛いお店には入りづらいのですね。

「今日はミシェルが居てくれて助かった」

不機嫌そうに見えたのは、いつ追い出されるかヒヤヒヤしてたからでしたか。

「お役に立てたなら良かったです」

私もほっとして、自分のお皿の攻略に取り掛かる。三段重ねのパンケーキはこんがり甘い香りがして、とっても美味しそう。

わ、ナイフを入れるとふわふわで柔らかい！　生地にメレンゲが入ってるのかな？　今度家でも作ってみよう。まずはそのまま一口。ミルクの風味が口いっぱいに広がる。次は

バター。その次はベリージャム。メープルシロップとホイップクリームもたっぷり載せちゃおう！

小さく切り分けながらパンケーキを堪能する私を、気づけば対面のシュヴァルツ様が凝視していた。

「あの……何か？」

私、変なことしてた？　首を傾げる私に、彼は穏やかに目を細めた。

「ミシェルは美味そうに物を食うな」

「え？」

「食べる所作が綺麗だ。長年、俺にとって食は栄養補給でしかなかった。だから腹に入れば満足で、他は気にしてなかった。だが、人を快・不快にする食べ方もあるんだな。これからは……ミシェルを見習おう」

そう言って、シュヴァルツ様はぎこちなくスプーンを一口ずつゆっくり進める。

私は別に、スープ皿を直飲みする将軍でも構わないのだけど……。多分、この変化は悪いことじゃない。

歩く速度と同じように、色々な価値観を近づけていければ嬉しいな。シュヴァルツ様だけが変わるのではなく、私も彼を理解したい。

……明日からは、夕食後には必ずデザートをつけよう。

初めての休日は、とっても有意義な時間になりました。

「んっしょ！」

グリルから天板を出す時、思わず気合を入れてしまう。今晩のメインディッシュは丸ごとローストチキンです！

実家では丸鶏なんてお祭りの日にしか焼かないけど、ガスターギュ家では日々の献立として提供致します。……というか、食べる量的に、切り身を買うより丸ごと一羽の方が安いのよね……。

天板の中心に鎮座するチキンの周りに蒸し野菜を盛り付けたら、見栄えのいい一品料理の完成だ。

「お、美味そうだな」

私がコーンスープをよそっている間に、シュヴァルツ様がいそいそと席に着く。どんな料理も喜んでくれるけど、塊肉が食卓に上がると、さり気なくテンションが高くなります。

男の人って、肉好きよね。そういえば、シュヴァルツ様には嫌いな物ってないのかしら？

何を出しても完食してくれるのは嬉しいけど。

スープの配膳が済むと、揃って食事を開始。

「では、切り分けますね」

私はカービングナイフとフォークを使って丸鶏を食べやすいサイズに切ろうとするけど……。

「あれ？」

骨が当たって切りづらい。

「えっと、んん？」

ああ、せっかくの身がボロボロになっちゃう！

焦る私に、シュヴァルツ様が「貸してみろ」と手を差し出す。カービングセットを渡すと、彼は手早くローストチキンを見慣れた部位の形へと切り分けていく。

「お上手ですね」

「俺はお前が物心つく前から刃物を振るってきたんだぞ」

……確かに、年季が違いますね。

「前線は万年物資不足だったから、よく狩りに行ったんだ」

シュヴァルツ様はぽつりと語る。

「こんな脂の乗った鳥なんかいなかったが、痩せた水鳥でもご馳走だったよ。特にモモ肉は人気で争奪戦だったな」

言いながら彼は、皮に香ばしい焦げ目のついた骨付きのモモ肉を私のお皿に載せた。

「じゃあ、食うか」

「はい」

綺麗に切り分けられたお肉を頬張る。二本あるとはいえ、一番好きな部位を、真っ先に私に譲ってくれるんですね。……きっと、他の人達にも同じように接していたのでしょう。

黙々と丸鶏を骨にしていくシュヴァルツ様を見ていると、胸がドキドキして……苦しくなる。

……この気持ちって……なんだろう？

ナイフとフォークを手にぼんやり見つめる私の視線に気づき、彼が「ん？」と小首を傾げる。私ははっと我に返ってナイフを動かした。

「あのっ、シュヴァルツ様はお嫌いな物はないのですか？」

動揺を隠すために、咄嗟に話題を変える。

「嫌いな物？」

「はい。もし知らずに苦手な食材が交じっていたら申し訳ないと……」

……実家の人達は好き嫌いが多くて、嫌いな食材が一欠片でも入っていたら、料理を皿ごと床に叩き落とされ、作り直しを要求された。思い出して勝手に気分が重くなる私に、将軍はフォークを咥えたまま考えて、

「噛み切れる物なら全部食えるぞ」

……根本的に、好き嫌いの定義が違いました。

「それに、ミシェルの料理は何でも美味いから、きっと俺は出された食材を苦手になる暇がないだろうな」

「……っ」

幸せそうに付け合わせの蒸し野菜を肉汁に絡めて口に運んでいくシュヴァルツ様に、ドキンドキンと更に胸が騒がしくなる。

……私、本当にどうしちゃったんだろう？　どうかこの音に気づかれませんようにと願いながら、私は俯いて鶏肉を齧った。


サイフォン式のコーヒーがロートからフラスコに落ちるのを待って、カップに香り高い液体を移す。夕食後は、居間で寛いでるシュヴァルツ様へデザートのお届けです。彼が甘い物好きと知ってからは、毎日ちょっとしたお菓子を作っている。他の家事も食事の支度もあるから、あまり凝ったものは作れないけど。

最近はコーヒーの消費量が増えたので、自分で豆を挽くだけでなく、お店で挽いて貰った粉を数種類飲み比べたりもしている。透過式の淹れ方も好きだけど、実験器具のようなサイフォンを組み立てるのも楽しい。

「どうぞ」

長椅子に寝そべるシュヴァルツ様の前に、コーヒーとデザートグラスを置く。体を起こした彼は、怪訝そうにそれを見つめた。

「……なんだ、これは？」

なんだって……。

「プリンです」

涼し気な脚付きグラスには、山形のカスタードプリン。山頂には黒い雪のようにカラメルソースが掛かっています。

「……プリン？」

シュヴァルツ様はグラスを上げて中のペールイエローのぷるぷるをしげしげと眺める。

あれ？　もしかして、プリンをご存じない？　そういえば、この前カフェテリアで食べたスイーツにプリンは入ってなかったかも。

「これは何で作られているんだ？」

「卵と牛乳と砂糖を蒸した物です」

「卵を蒸す？　茶碗蒸しみたいな物か？」

「まあ、そんな感じです」

シュヴァルツ様は気のない風に「ふうん」と鼻を鳴らして、スプーンで一掬いしたプリンを口に放り込んで――

「なん、だ……これは⁉」

——瞳をカッと見開いた。

「美味い！　これ、本当に卵料理なのか⁉」

グラスを傾け、残りのプリンを一息に飲み込む。

「甘く柔らかく喉越しがいい。上に掛かっているソースもほろ苦くていいアクセントだ。凄いな、卵。朝食だけでなく菓子にもなるのか！　恐れ入った。俺はこれから卵を信奉するぞ！」

崇めちゃいますか。

「まさか、プリンにも目玉焼きのように眷属が大勢いるのか？」

……け、眷属？

「ええ、一応。今食べたのは蒸したカスタードプリンですが。ゼラチンを使った蒸さないプリンや、ドライフルーツプディング、パンプディング、ココアプディ……」

「やはり卵は神だな！」

大興奮のシュヴァルツ様。彼の信仰心が上がりました。

「ええと、多めに作ったのでおかわりありますが、召し上がりますか？」

私の問いに、将軍はちょっと頬を赤らめて、

「……いただこう」

今更照れなくても大丈夫です。

「では、持ってきますね」

……たくさん食べて、たくさん喜んで貰えるのが嬉しい。

「今度は、バケツサイズのプリンを作ろう」

私は厨房に戻りながら、頬が緩むのを止められなかった。


「ごめんくださーい」

玄関のドアノッカーが鳴らされたのは、とある日の昼下がりのことだった。ガスターギュ邸に来客なんて珍しい。

「はーい」

私は手にしていたハタキを置いてドアを開けた。玄関ポーチには、男性が二人居て、私の胸の高さまでありそうな木箱を抱えている。

「ガスターギュ様へお届け物です。どちらに置きましょうか？」

「ご苦労様です。とりあえず、ここに」

中身は解らないけど、玄関ホールの隅に置いてもらおう。

「では、またご贔屓に」

配送業者が帰ると、私は箱を見回してみる。……私一人が入れそうな大きさ。

「ん～！」

動かそうにも持ち上がらない。多分、重さも私くらいありそう。執事なら中を確認するけど、一介のメイドである私が開けるのはまずいよね。当主が帰ってくるまではそのままにしておこう。

私は箱を放置して家事を再開しましたが……中身はとんでもないシロモノでした。

「ただいま」

「おかえりなさいませ！」

夕方、帰宅したご主人様のお出迎えをする。シュヴァルツ様は、上着を脱ぎながらふと、隅に置かれた巨大な箱に気がついた。

「なんだこれは？」

「シュヴァルツ様へのお届け物です」

訝しむ彼に伝えると、思い至ったように「ああ」と頷いた。

「これ、お前にだ」

「私に？」

言いながら、バールも使わず釘を打ってある木箱の蓋を素手で開けるシュヴァルツ様

（凄い！）に、私も中を覗き込む。そこには……、

「ミシン……！」

　黒い金属製の本体に折りたたみの作業台がついた足踏みミシンが鎮座していた。しかも、縫い方が五段階も変えられる工業用だ！

「どうしたんですか、これ？」

「前にミシェルの話を聞いて、便利そうだから買ってみた」

「かかか買った⁉」

　私はびっくり仰天だ。

「買ったって、高かったでしょう⁉」

「家よりは安かった」

　そりゃそうでしょう！　でも、比較対象が家になるくらいのお値段なのですよっ。

「え？　これ、私が使っていいんですか？」

「使っても使わなくてもいい。使い方、知らないのか？」

「知ってますけど……」

　私は家計の足しにと縫製工場でお針子をしたことがあるから、ミシンを使ったことがある。

「なら、ミシェルが使いたい時に自由に使うといい。俺は使えん」

……自由にって……。

「でも、これ、最新機種ですよね？　もっとお手頃な品もあったのでは？」

「どうせなら、良い物の方が長く使えるだろう」

それって、私も長くここに居ていいってことでしょうか？　……そうだったらいいな。

「どこに置く？」

「ええと、作業スペースの広く取れる所が……」

「では、二階の空いている客室だな」

男性二人がかりで運んできたミシンを、シュヴァルツ様は一人で軽々持ち上げて階段を上っていく。

「……ありがとうございます。シュヴァルツ様」

これでお屋敷の古着のリメイクも捗るし、彼の新しい衣類も増やせる。良いことずくめだ。けど……だけどっ！

自分の使わない機械を使用人との雑談から買っちゃうのって、どうなんですか!?

……迂闊なことを言ったら、城まで買い与えられかねない……。これからはくれぐれも言動には注意しよう。そう心に誓う私でした。

日没を告げる鐘が鳴ると、そろそろシュヴァルツ様がお帰りの時刻です。

今日の夕食はハッシュドビーフ。深めのフライパンいっぱいにバターライスも炊きました！

確か大きな縁のある皿が食器棚の上の段にあったよね。それに盛り付けよう。前の居住者が色々残してくれたのは大変ありがたい。ダイニングから椅子を持ってきて、その上に立って天井まで届く高さの食器棚を探る。背が低いと、高い場所にある物を取るのも一苦労だ。

あ、ちょっと奥の方にあるな。私がつま先立ちになって、棚の奥に手を伸ばした……その時。ガタンッ！　と椅子が大きく傾いた。

「わわっ！」

背面にひっくり返る椅子と一緒に、私も宙に投げ出される。床に叩きつけられると思った瞬間、両脇から突き出された逞しい二本の腕が、背中から抱きしめるように私の体を受け止めた。

「ふえ？」

間抜けな声を上げて振り返ると、そこには眉を吊り上げた険しい表情のシュヴァルツ様。

「あ、おかえりなさいませ」

抱えられたまま反射的にそう言った私に、

「馬鹿者!!」

耳をつんざく怒声が返ってきた。

「何をしているんだ、お前は!?」

「あの、ちょっとお皿を取ろうと椅子に……」

「その椅子はどう見ても人が立てるような設計ではないだろう! 少し重心が傾けば、今みたいに簡単に倒れるシロモノだ。頭でも打ったらどうする? 怪我だけじゃ済まなかったかもしれないんだぞ!」

鬼の形相のシュヴァルツ様に、私は思わず涙ぐむ。

「も、申し訳、ございま、せん……」

声が震えて、嗚咽が混じる。こんな怒った彼を見るのは初めてだ。エプロンを握りしめて必死に涙が零れるのを堪える私に、シュヴァルツ様はうぐっと言葉を詰まらせて……。

「怒鳴って悪かった。その……気をつけろ」

私を床に下ろすと、ぽんぽんっと頭を撫でて厨房から出ていく。多分、荷物を置きに自室に行ったのだろう。

私の不注意が原因なのに、シュヴァルツ様に謝らせてしまった。……彼は何も悪くないのに。

ごめんなさい……ありがとうございます。言えなかった言葉を胸に残したまま、私は倒れた椅子を片付けた。

　気を取り直しての、二人の食事。

「今度の休日、踏み台を作る」

　シュヴァルツ様がそう言い出したのは、二杯目のハッシュドビーフをよそった時だった。

因みに、おかわりの為に私が厨房に戻らずに済むように、ダイニングには配膳カートに寸胴鍋（ハッシュドビーフ）とフライパン（バターライス）がスタンバイされていて、将軍自らご飯をついでいます。

　給仕は使用人の仕事だから、私に盛り付けさせてくださいって訴えているのだけど、そこだけは譲ってくれません。むむむ〜。

……っと、話を戻して。踏み台って、さっき私が椅子から落ちそうになったからだよね？

「あの、今度から注意しますので大丈夫ですよ。私の為にお手間を取らせるわけには……」

　恐縮する私に、シュヴァルツ様は怪訝そうに眉を寄せて、

「注意して、また椅子に乗る気か？」

「いえ、他の方法で頑張ってみますので……」

「お前は頑張れば身長を伸ばせるのか？」

……それは無理です。

「今回は大事に至らなかったが、一歩間違えば大惨事だったんだぞ。ただでさえミシェルは転びやすいのだから」

それはたまたまですけど……。

「食器棚だけでなく、他の高い所の掃除なんかは今までどうやっていたんだ？」

……同じように椅子に乗ってたって言ったら、また怒りますか？

黙って俯く私に、彼は深いため息をついた。

「とにかく、安定感のある踏み台ができるまで、高い場所に上るのは禁止。物を取りたい時は俺を使え」

「……はぁい」

また、私にしか得のない禁止事項が増えました。でも……それは私を心配してくれてのことだよね。以前、階段で不機嫌になった理由も今なら解る。ぶっきらぼうな彼の言葉の中には、隠しきれない優しさが滲んでいる。

「でも、わざわざシュヴァルツ様がお作りになる必要はないのでは？　雑貨屋にも売っていますし、材木屋や家具屋に頼めば好みの品を作ってもらえるかと」

私のもっともな提案に、彼は難しい顔でスプーンを止めた。

「実は……最近運動不足で」

「……はい？」

突然、なんの話ですか？　混乱する私に、シュヴァルツ様は言葉を続ける。

「前線にいた頃は昼夜問わず駆け回って、飯も睡眠も満足に摂れなかったが、王都は平和で飯も美味い。このままでは体が丸くなる一方だ」

そ、そんなことは……。

「え？　でも、職場で部下の方に剣の稽古をつけてらっしゃるのですよね？」

十分運動しているのではと尋ねてみると、

「あんなの、案山子相手と変わらん」

歴戦の豪傑は言うことが違いました。

「それに俺は目的がないと動けない質でな。普段しないことをするのは気分転換にもなる」

なるほど、それで大工仕事をしようとしているわけですね。

「シュヴァルツ様が楽しんでお作りになるのなら、私に異存はありませんが……」

私は前置きしてから、本題を切り出す。

「もし気になるようでしたら、お食事を減らしましょうか？」

聞いた瞬間、シュヴァルツ様は驚愕に息を呑み、唇を戦慄かせた。

「それは、拷問か？」

……その選択肢だけはないようです。

それから数日後、いよいよ休日がやってきました。

いつもより少しだけ遅く起きた私は、厨房で朝食作りを開始する。熱したフライパンにバターを溶かし、卵液でヒタヒタのバゲットを焼いていると、

「おはよう」

匂いに誘われたのか、二階からシュヴァルツ様が降りてきた。

「おはようございます。朝ご飯、食べますか？」

フライパン片手に振り返る私を、彼は寝起きの不機嫌さ全開で睨む。

「休日は俺の世話をするなと言っているだろう」

……そうなのですが。私はすかさず上目遣いに懇願する。

「この朝食、昨日のパンの残りなんです。私一人じゃ食べきれませんし、置いておいても悪くなるだけなので、シュヴァルツ様も手伝ってもらえませんか？」

「……そういうことなら」

仕方ないな、と頷く彼。よし、シュヴァルツ様を遠慮させない誘導方法を覚えてきたぞ。

ダイニングルームで紅茶を淹れて、二人で朝食。今日のメニューはフレンチトーストです。

「なんだ、このふにゃふにゃした物体は？」

怪訝そうにナイフとフォークを動かし、はちみつたっぷりのフレンチトーストを一口齧

った彼は、ピシリと固まった。あ、この光景、以前にも見ました。

「……ミシェル、これは何という食べ物だ？」

シュヴァルツ様は身を乗り出して、対面の私に真剣な眼差しを向ける。か……顔が近いです。

「フレンチトーストです。卵・牛乳・砂糖で作った卵液にパンを浸して、バターで焼いた……」

「やはり卵か！」

シュヴァルツ様は得心した、と手を打った。

「さすがだな。卵は俺を裏切らない！」

絶対的な信頼関係が生まれていました。私も裏切りませんけどね！　念の為。

彼はナイフで切り分けるのももどかしそうに、大きめにスライスされたバゲットをそのまま口に運んでいく。材料はほぼプリンと同じだから、絶対好きな味だと思ったんだよね。

だから昨夜、余分にバゲットを焼いていたってことは内緒です。

「飯が終わったら、材木を買いに行ってくる」

「あ、私も布屋さんに行きたいので、街までご一緒してよろしいですか？」

「構わん」

平日はずっと一人だから、昼間に一緒に過ごせる休日は嬉しいな。

なんて……使用人が考えてはいけないことなのでしょうが。私はにやける顔を悟られないように、フレンチトーストを頬張った。

初めての時は置いていかれた道を、並んで歩く。もう迷子にならないくらい馴染みの通りだけど、一人の時とは景色が違って見える。

「では、また家でな」

「はい」

市場に着くと、それぞれの目的地に解散だ。本当は私も一緒に材木屋について行きたかったけど、お邪魔かなと思って言い出せなかった。遠慮と干渉の境界が解らないから、人との距離感って難しい。気を取り直して、私は一人で布屋に足を向けた。

「わあ……！」

カラフルな生地が積まれた店内は、そこにいるだけで心が躍る。

「どれにしようかな」

私の目的は、シュヴァルツ様のシャツの生地だ。自分の服は、今のところお屋敷に残っていた物をリメイクすれば足りるから後回し。栄えあるミシン作品第一号は、出資者にって決めている。それに、初めてのお給金からシュヴァルツ様にプレゼントを贈るって望みが漸く叶えられるしね。

どんな布がいいかな？　綿と麻、どっちがいいだろう？　色は？　シュヴァルツ様って無地の服が多いけど、柄物はお好きかしら？

……やっぱり一緒に来てもらえばよかった。さんざん悩んでから、私は白の綿布を買った。無難だけど……シュヴァルツ様の黒髪によく映えると思って。

一反の布を選ぶのに午前中いっぱいを費やして、ガスターギュ邸に戻った時には、シュヴァルツ様は既にお庭で木材を切り出していた。足で押さえ、木こりもかくやなノコギリさばきで角材を切り分けていく将軍。そのテキパキとした作業に暫し見入っていた私に気づいたのか、シュヴァルツ様が目を上げた。

「おかえり」

「た……だいま戻りました……」

わっ、おかえりって言われるの、なんか新鮮。近づいてみると、材木の近くには踏み台の図面の描かれた紙が置いてあるのが見えた。

「それ、シュヴァルツ様が描いたのですか？」

「ああ」

二段の階段型の踏み台は、いかにも安定感のある形をしている。

「もうすぐ出来上がるぞ。大した運動にはならなかったな」

切った木材を組み立て、釘を打っていくシュヴァルツ様。私も板を支えて脚と天板がずれないようお手伝いする。

「随分、手慣れてらっしゃいますね」

素早く正確に金槌を振るう姿に感心していると、彼は当たり前のように答える。

「まあな。前線では色々作ってたから」

「どんな物をですか？」

ちょっとした家具か何かかと思ったら、

「進軍に合わせて砦を建てたり、一晩で橋を架けたり」

作る物の規模が違いました。

「何かを作り上げるのは好きだ。俺は……壊すことの方が多かったから」

……時々、シュヴァルツ様が寂しそうに零す言葉は重くて、胸が痛くなる。

「あとは、ヤスリを掛けるだけだな」

屈みっぱなしで体が強張ったのか、シュヴァルツ様は立ち上がって伸びをする。あっという間に出来上がってしまった踏み台。作業が終わることが少し名残惜しそうな彼に、私はふと、閃いた言葉を口にした。

「シュヴァルツ様、お庭のお手入れをしてみませんか？」

「……庭の手入れ？」

キョトンと聞き返す彼に、私は失敗したかもと後悔する。お屋敷のご主人様に庭仕事を頼むのは失礼だったかな？　でも……。

「あの、建築にお詳しいのなら、造園にも興味がおありかと思いまして。ほら、このお庭は長いこと手つかずで荒れていますし、私も家の中のことで精一杯で、まだお庭を整備する余裕がなくて。ああでも、シュヴァルツ様が自らするのではなく、庭師を雇って指示を出すだけでも……」

しどろもどろで言い募る私に、彼は顎に手を当てて思案げに眉を寄せる。

「造園か……」

どきどき。

「……それはいいな」

やっぱり、好感触でした！

「実は庭は俺も気になっていた。王都の家はこういうものなのかと放置していたが、自分で改造してもいいのか」

「勿論です！　シュヴァルツ様のお好きに作り変えてよろしいのですよ」

だってここは、あなたの家ですから！

「そうか」

大喜びな私に鷹揚に頷いて、彼は庭をぐるりと見回し脳内に図面を引く。

「ではまず、正門脇の木の枝を払おう。外への見通しが悪い」

それは良い考えです。

「後は、雑草を刈って玉砂利を敷いて」

うんうん。

「外周に沿って堀を造って、尖った武器を沈める」

……へ？

「正門前には壁を建てて、真っ直ぐに玄関まで突破されないようにする。外壁の槍柵はもっと鋭利にして、有刺鉄線か茨を這わせ……」

「ちょ、ちょっと待ってください、シュヴァルツ様！」

私は堪らず叫んだ。

「お堀とか、正門前に壁って、一体……？」

狼狽える使用人に、ご主人様は真顔で語る。

「常々、この屋敷のセキュリティには問題があると思っていた。特に日中は女一人で不用心だ。敵の侵入を防ぎ、撃退できる構造にしなければ。窓には鎧戸を付けて、地下貯蔵庫から勝手口の外に出られる隠しトンネルも掘っておくか」

……どうしよう、瀟洒な貴族屋敷が要塞化してしまいます……。

侵入者の心配をするのなら、まずあの金貨の山の保管場所を作ってください。……とは言い出せず、口を噤むしかない私なのでした。

「お背中失礼しますね」

広い背中にメジャーを当てる。夜の空いた時間に、私はシュヴァルツ様に頼んで採寸をさせてもらってます。

身丈や着丈は立って測るから、背の低い私には早速踏み台が大活躍です！　いつもは見上げることしかできない私も、台の二段目に乗ればシュヴァルツ様を見下ろせちゃいます。

今回作ろうとしているのは、襟のない袖ありチュニック。初めてなので、シンプルな形の物を選んだ。これで型紙を作れば、色々とアレンジできるしね。

肩幅を測る私に、部屋着のシャツ姿の彼は少しだけ振り返って、

「脱ぐか？」

「い、今はいいです！」

台上だと目線が近くてドキドキする。採寸しやすいようにとの申し出だと思うけど、ブンブン首を振って遠慮する私に、シュヴァルツ様は不思議そうに眉根を寄せる。

「……今は？」

「はい。布を裁断してから、縫う前に体に合わせて調整しますので、その時に」

フィッティングは大事です。彼はふうんと鼻を鳴らして正面に向き直る。

ない。

「物によります。今回は型紙から起こすので、数日は掛かるかと」

「服って、どれくらいできるんだ？」

集中すれば一日で作れるかもだけど。家の仕事の合間に作業するから、進行速度は速くない。

「俺の服など後回しで、自分のを作ればいいのに」

「パーツの大きい布地の方が縫いやすいんですよ。ミシンの調子もみたいので」

……というのは方便ですが。私の初給金で買った物だ。最初の一枚はシュヴァルツ様の服を作るって決めてるんです。布だって、私の初給金で買った物だ。……それを言ったら彼が気にするかもしれないから、内緒だけどね。次回からはちゃんと仕事として予算を頂きますし。

「ま、ミシェルのしたいようにすればいい」

シュヴァルツ様は淡々と、

「作業時間は平日、好きなように取って構わない。お前が毎日磨いてくれているお陰で家は綺麗だ。何日か掃除しなくても荒れることはないだろう」

「……ありがとうございます」

家政を司るのが使用人の役目だから勿論仕事は疎かにしないけど、信頼して自由に行動させてくれるのは嬉しい。俄然やる気が出てきたぞ！　早くシュヴァルツ様に着てもらおう。

身丈・着丈・袖丈・胸囲・胴囲、ついでに腕まわりも測った。将軍は肩と二の腕の筋肉が発達しているから、既製の型紙より余裕をもたせないと。あとは……。

(首まわりも測っておこうかな)

襟ぐりも広めな方が良さそうだもんね。私がうなじにメジャーを回しかけた……その時！

「……っ、くぁっ」

ビクンッと肩を竦ませ、シュヴァルツ様が小さく叫んだ。いや、叫びというより……喘いだっていうか……。

「あ、あの……？」

突然の嬌声に硬直する私に、彼は俯きながらうなじを擦る。

「すまん。昔から首は弱いんだ。その……くすぐったくて」

耳まで真っ赤になってボソボソと言い訳する、我が国最強の将軍閣下。どうしよう、可愛すぎるんですけど？

「こ……こちらこそ、いきなり触ってすみません。今ので採寸できたので、もう大丈夫ですよ」

「そうか……」

まだ頬が赤いままの彼。図らずも、シュヴァルツ様の弱点を知ってしまったわけですが……。このことは、二人の秘密として胸に仕舞っておきますね。

――で、結局。

昨夜は夜なべして型紙起こしと裁断。朝、出勤前のシュヴァルツ様に仮縫いの寸法合わせをしてもらって微調整。午前中はフルスピードで家事を済ませて、夕方までの時間を使ってミシン掛け。二日でチュニック第一号が完成しました。我ながら頑張った！

晩御飯が終わってから、早速試着してもらいます。

「これを正味一日で作ったのか。売り物みたいだな」

渡したチュニックの表裏をしげしげと眺めてから、おもむろに着ていたシャツを脱ぐシュヴァルツ様。

……この方って、何の躊躇いもなく服を脱ぐのよね。こっちが焦ってしまいます。傷の多い引き締まった身体にどぎまぎしつつ、横目でこっそり観察していると、

「むっ！」

袖に手を通した体勢で、シュヴァルツ様が戸惑いの声を上げた。

え？　まち針でも残ってましたか!?　勝手に狼狽える私を置いて、彼は信じられないという表情で、

「腕がするっと入ったぞ！　いつもは二の腕で止まるのに」

……はい？

「首まわりもきつくない。肩を回してもつっぱらない。胸も苦しくないぞ！」

今までどんなトップスを着用してたのですか。

「凄いな。胸を張っても屈んでも服が破けない」

普通は破けません。シュヴァルツ様は腕を上げたり背を反らしたりして、着心地を確認している。うん、綺麗にフィットしているようだ。

「今までで一番着やすい服だ。本当にもらっていいのか？」

「ええ、どうぞ」

シュヴァルツ様専用ですから。

「ありがとう。とても動きやすい。今日はこれで寝るか。いや、しかし明日の服がない」

どれだけ気に入ったのですか。

「それはラフ過ぎるので部屋着にお使いください。今度、外出着も縫いますね。型紙がありますから、次からはもっと早く作れますよ」

これだけ喜んでもらえたら、調子に乗って色々縫っちゃいそう。シュヴァルツ様は少し窺うように私を見て、

「ミシェルはズボンも作れるのか？」

「ええ」

父のトラウザーズを何本か仕立てたことがあります。

「では、それも頼みたい。街で売っているズボンは、裾が短いし、腿でつかえて腰まで上がらないんだ」

……それも、筋肉あるあるでしょうか？

「はい、畏まりました。では早速採寸しますね！」

頼られるのが嬉しい。私はうきうきとメジャーを取りに向かおうとするが――

「いや、今日はいい」

――その腕を、シュヴァルツ様に引き止められた。

「朝から気になっていた。昨夜は寝ていないのだろう。クマができてる」

彼の太い親指の腹で下瞼をなぞられ、私の心拍数は「ぴゃっ！」っと一気に跳ね上がる。

「服を作ってくれたことには感謝するが、夜はちゃんと寝ろ。食と睡眠を疎かにする者は長生きせん」

「……はい」

シュヴァルツ様って、私のこともちゃんと見ててくれるのね。

「おやすみ、ミシェル」

ぽんぽんっと頭を撫でて、シュヴァルツ様は自室に戻っていく。

「おやすみなさいませ、シュヴァルツ様」

私は深々と頭を下げて、白いチュニックの後ろ姿を見送った。睡眠不足を思い出したら、急に瞼が重くなってくる。今夜は早くベッドに入ってゆっくり休んで……明日はちょっと手の込んだ夕食を作ろう。

空が暗くなり始めた頃、オーブンの中から美味しい香りが漂い始める。

今日の夕食はミートローフ。肉だねには野菜をたっぷり刻んで交ぜて、中央にはゆで卵を仕込む。付け合わせの温野菜も万全だ。ダイニングでテーブルのセッティングをしていると、玄関のドアの開く音がする。

「おかえりなさいませ」

「うむ、ただいま」

「上着をお預かりしますね」

いつものようにお出迎えして上着を受け取ろうと手を伸ばした私に、

「それは自分でやる。それよりこれを」

シュヴァルツ様が差し出したのは、小さなサボテンの鉢植え。ミニチュアの玩具かと思って受け取ってみたら、普通に四号サイズの植木鉢でした。……私とシュヴァルツ様の手の大きさが違い過ぎて縮尺が狂う。

「これは何でしょう？」

「サボテンという南方の植物だ」

それは知ってます。

「どこかからの戴き物ですか？」

なぜ、仕事に行った将軍が鉢植えを持って帰ってきたのだろう？　もふもふの棘がついた丸っこいフォルムのサボテンを両手で持って首を傾げる私に、彼はちょっと頬を赤らめて、

「ふ……服の礼に。女性に感謝を伝えるには何がいいかと将軍補佐官に訊いたら、花が一番だというので……」

「それで、サボテンですか」

「花屋で丈夫で扱いやすい花はないかと尋ねたら、この品種は水やりも数日に一度でいいし、放置していても育つと言われたので、これにした」

リボンも掛けていない、素焼きの鉢植え。……それ、完全に『女性に贈る』って言葉を伝え忘れてますよね？　花屋さんに。

「え？　でも花って……」

手の中のサボテンは青々と元気だけど、花はない。

「三年に一度くらい咲くそうだ。黄色い花が」

……。

「……ふふっ」

私は思わず吹き出してしまった。

「な、なんだ？　気に入らなかったのか？」

私のリアクションに動揺するシュヴァルツ様に、「いいえ」と首を振る。だって、一生懸命花を選ぶ彼を想像したら可笑しすぎて……涙が出るほど嬉しい。私は目尻に浮かんだ涙を拭って、笑顔のまま彼を見る。

「ありがとうございます、シュヴァルツ様。最高のプレゼントです」

彼が私の為に選んでくれた贈り物。どうしよう、幸せで苦しいくらいだ。

「大切にしますね。私のお部屋の一番日当たりの良い窓辺に置きます」

「そうか。気に入ったのなら良かった」

シュヴァルツ様も安堵したように微笑み返す。

三年に一度咲くという黄色い花。次に咲くのがいつか判らないけど……シュヴァルツ様と一緒に見られたらいいなって思った。


夕食の片付けが終わった後、少し時間が空いたのでお菓子を作り置きしておこうと思い立って、私はランプの下で腕捲りした。

ボウルで小麦粉と砂糖とベーキングパウダーを混ぜて、更に卵とバターを加えてまぜまぜ。最後にナッツも投入。

「何してるんだ？」

オーブンに薪をくべていると、シュヴァルツ様が厨房にひょっこり顔を出す。

「お菓子を作っているところです。出来上がったらお茶とお持ちしますから、居間で寛いでいてください」

ご主人様を厨房に立たせたままじゃ申し訳ないと思ったのだけど、

「ここで見ていていいか？」

「ええ、どうぞ」

物作りが好きなシュヴァルツ様は、料理風景にも興味があるようだ。スツールを持ってきて作業台の前に座る彼に、私も止めていた手を再び動かす。材料を混ぜた生地を一纏めにしていると、横から何やら気配がした。振り返ると、そこには作業台の端から伸びるシュヴァルツ様の指が！

甘い匂いに誘われたのか、生地を摘み取ろうとする手に、私は咄嗟に生地の塊を持ち上げ「いけませんっ！」と叫んだ。こんなに激昂されるとは思っていなかったのだろう。天下の大将軍はびっくり眼で、

「す、すまん。美味そうだったから、つい……」

と狼狽えながら謝罪する。しかし、私はつまみ食いを怒ったわけではありません。

「生の小麦粉は危険なんです。火を通さずに食べたらお腹を壊しますよ！」

眉を吊り上げ訴える私に、彼は冷水を浴びたようなショックを受けた。

「なんと……小麦粉は生で食べてはいけなかったのか」

悄然と呟く。

「昔、前線砦で腹が減った時に貯蔵庫から小麦粉を一摑みちょろまかして水で練って食った後、えげつない腹の下し方をしたのだが……そのせいだったのか」

何やってるんですか、将軍。

「どうして焼く手間を惜しんじゃったんですか？」

「火を使うと煙でバレるから」

……つまみ食いも命懸けですね。良い子は真似しちゃダメですよ。こちらのお菓子は十分加熱致します。一纏めにした生地を楕円形に伸ばしてオーブンへ。

「いい匂いだな！」

「まだ、もうひと手間ですよ」

待ちきれないという顔のシュヴァルツ様に苦笑して、私は焼き上がった生地をオーブンから取り出す。粗熱が取れたら細長く切って、断面を上にして並べて再度オーブンへ。

「二回焼くのか」

「ビスコッティという焼き菓子です」

カントゥッチョとも呼びますね。

「二回焼くので、水分が飛んで日持ちが良くなるんです。たくさん作ったので、職場にも持って行って下さいね」

「それはありがたい」

シュヴァルツ様は出来たての長細い半月型のビスコッティをしげしげ眺めてから、パクリと齧りつく。

「固っ！　でも美味いな」

「コーヒーや紅茶、ワインに浸して食べても美味しいんですよ」

私はグリルにかけていたケトルを持ち上げ、ティーポットに注ぐ。狭い厨房でビスコッティを囲んで、細やかな夜のお茶会。

「この固さ、軍の携帯食を思い出すな」

ゴリゴリとナッツたっぷりの焼き菓子を噛み砕きながら、シュヴァルツ様が感慨深げに言う。

「どんな食品だったんですか？」

「穀類を焼き固めた物だ。固くて不味くて口の中の水分がすべて奪われた」

唇を歪ませる様子からも、相当酷い味だったらしい。

「それは散々でしたね。でも、これからは美味しくなりますね」

私の言葉に、彼ははて？　と首を捻る。

「何故、そう思う？」

聞き返されて、私もあれ？　と首を傾げる。

「だって、シュヴァルツ様は軍部の偉い方なのでしょう？　ご飯を美味しくすることもできるのでは？」

「……あ」

彼は目から鱗、というように呟いた。

「そうか。王都へ召還されてから、国王陛下に前線での知識を活かしてくれと頼まれ、治水工事や補給線の確保、駐屯地の増設を進めてきたが……。糧食の味も改善してもいいのか。戦闘糧食は不味くて当たり前という固定観念があった」

……出会ったばかりの頃のシュヴァルツ様の食事姿を思い出すと、無頓着さが窺えますね。

「俺は戦いしか知らない人間だから、平和な王都でできることなど何もないと思っていたが……。末端だったからこそ、できることもありそうだ」

ニヤリと口角を上げる彼は、英傑の風格だ。本当は引退したかったというシュヴァルツ様。新しい職場でやり甲斐を見つけられるといいですね。

シュヴァルツ様は私の方を向くと、穏やかに目を細めた。

「ミシェルは凄いな。いつも俺にない視点をくれる」

「そ、それほどでも……」

想像もしていなかった側面から褒められ、私の頬は熱くなる。

……私も、貴方に色々影響されていますよ。

「ん！　おいしっ」
小皿によそった鍋の中身を味見して、舌鼓を打つ。今日のメニューは鶏肉のサワークリーム煮です。ちょっと酸味のあるクリームが、鶏モモの脂によく合うのよね。玉ねぎと三種類のきのこを一緒に煮て、彩りに別茹でのブロッコリーと人参を添える。メインディッシュの色に合わせて、主食は白パン。副菜はボウルいっぱいの生野菜サラダ。
最近野菜が高いから、お庭に菜園を作って育てようかな？　でも、畑に適した遮蔽物の少ない日当たりの良い一角は、シュヴァルツ様が「罠を仕掛けるのにいい平野だ」って言ってたから、あとで何かに使うのかしら？　……間違って私が引っ掛かりませんように。
夕食の用意はできたのだけど、まだシュヴァルツ様がお帰りにならない。今日、遅くなるって言ってなかったよね。お仕事やお付き合いの都合で予定がずれることなんてよくあることだから、いつもは気にしないんだけど……今日はなんだか気になる。

ちょっと、外までお迎えに行っちゃおっかな？　暗くなったら一人で外出するなって言われてるから、門の前までね。玄関のドアを開けると、冷えた風が吹き込んできて思わず身震いする。夕暮れが宵に変わる藍色の空の下、お屋敷の門の前に大きな人影が見えた。

あれは、シュヴァルツ様だ。

「シュ……」

声を掛けようとした瞬間、私は彼が誰かと話しているのに気づいた。その様子は穏やかではなく……口論？

「……から、帰れと言っておる」

「いいじゃないですか。ちょっとご挨拶を……」

面倒くさそうにあしらうシュヴァルツ様に、もう一人、小柄な男性が食い下がっている感じ。……いえ、比較対象が将軍だから背が低く見えただけで、実際は平均身長くらいでした。

「どうされましたか？　シュヴァルツ様」

駆け寄る私に彼は門扉の向こうから、「家に戻ってろ」と返す。

「でも……」

私が戸惑っていると、シュヴァルツ様の巨軀の陰からひょこっと、琥珀色の頭が飛び出した。二十代前半くらいの細身の青年。今時の洗練された雰囲気の美形さんだ。彼は私の姿を目に留めると、信じられない物を見たかのように仰け反った。

「実在したんだ……」

……はい？

## 【四】将軍補佐官の考察

俺はトーマス・ベイン。二十二歳独身。一応、下級貴族家の四男坊。

家督を継ぐ立場にない俺は、自立の為に十代で領地を出て王都の騎士学校に通い、親戚のコネで武官として王国府に就職した。勤務先は軍総司令部。武官といっても戦闘員ではなく事務方だ。庶務的な部署に配属されて二年。書類仕事や多方面への取次等もそつなくこなせるようになってきた頃……突然、人事異動を言い渡された。

次の配属先は、今期から王都に移動になった辺境出身の将軍の執務室だった。

シュヴァルツ・ガスターギュ将軍。隣国との長年の戦を終結させ、王都に凱旋してきた祖国の英雄。俺の新しい肩書は、彼の補佐官だ。彼の噂は王都でもよく耳にしていた。雲を突き抜けるほど背が高く、山から降りてきた怪物のような風貌。戦斧の一閃で敵の頭をかち割り、素手で体を引き裂く。その様はまさに『戦場の悪夢』だという。

それを聞いた時、俺は正直「盛り過ぎだろ」って思った。おとぎ話の怪物が実在するなんてありえない。そう高をくくっていたのだが……。

――現実とは、時に想像を遥かに凌駕する。

初対面は、衝撃だった。成人男子の平均身長の俺でも見上げてしまう体躯。伸びっぱなしでモジャモジャの髪と髭。その隙間から見える顔は傷だらけで、瞳は眼光だけで人を射殺してしまいそうな鋭さだ。噂と違ったのは、背丈が雲に届かなかったことくらい。不意に廊下の角から現れた将軍に驚いた女性職員が、恐怖のあまり大号泣したのは有名な話。

……俺も夜中に遭遇したら絶対ちびる。

俺の直属の上官になったガスターギュ将軍閣下は、変な人だった。

まず、何事にも無頓着。地下牢に十年閉じ込められていた罪人でももうちょっとマシな格好してるだろうって出で立ちで王城に行く。当然、衛兵に止められて、俺が頭を下げる羽目になった。

そして、足が速い。同時に歩き出しても、気づくと遥か彼方まで引き離されている。毎回必死に走って追いつくように努力していたら、ある日「お前は持病があるのか？」と訊かれて医務室に連行された。あんたのせいだよ！

更に、鯨飲馬食。とにかく食う。やたらと食う。食べるだけならいいんだけど、マナーなんてあったもんじゃない。宮廷晩餐会でステーキをナイフで切り分けず丸ごとそのまま齧りついたり、スープ皿に口をつけて一気飲みしているのを見た時は、卒倒しそうになった。英雄じゃなかったらつまみ出されていたぞ。同席した王侯貴族の凍りついた空気を思い出すと、今でも震えがくる。

でも……悪い人ではないらしい。

彼の歓迎会で同部署の十数名と街の酒場へ行った時のこと。大皿メニューは人数均等割り以上の量は手を出さないし、酒はボトルをラッパ飲みだから酌をする隙を与えないし、女性店員に絡んでいた男性客を文字通り片手で店外につまみ出すし、姿が見えないと思ったら、いつの間にか支払いを済ませていた上に二次会の費用まで置いて帰っていたし。

慣れてくると、上官としては案外付き合いやすい人物だと判ってきた。

……相変わらず、身なりと一般常識は危ういけど。

そんな救国の怪物ガスターギュ閣下が変わり始めたのは、つい数週間前。あれは……彼が軍の宿舎を追い出され、一軒家に住むようになった頃からだ。


「家を買ってきた」

ガスターギュ閣下がそう言ったのは、とある平日の昼休み明けのことだった。

彼は王都に赴任してから、兵士用の宿舎で寝泊まりしていたのだが……。基本的にあの宿舎は独身の下級兵士が暮らす施設だ。俺も住んでいるんだけど、朝も晩もプライベート空間を将官がうろついていたら気が休まらない。ということで、その日の朝一で居住者代表としてやんわり転居を提案したんだ。

将軍はむっつりした顔（ちょー怖いっ！）で俺の話を聞いた後、午前の業務が終わると同時にふらりと姿を消したんだ。そして、前記の台詞に戻る。

「は？　家を買ったって……いつですか？」

「今。昼飯食った帰りに、城下通りを西に下ったところで『売家』の看板が出ている屋敷を見つけてな。家具も揃っていたので買った」

「え？　契約したってことですか？」

「金も払った」

……ランチのついでに家を買いましたよ、この人。しかも即金で！　意味わかんねぇ。

でもこれで宿舎でまで気を遣う生活とおさらばだ！　と内心喜んでいたら……事態は思わぬ方向に転がった。

スケールが大きすぎて、気が遠くなる。

「洗濯物が溜まる」

ガスターギュ閣下がそうぼやいたのは、家を買って二日目のことだ。

「仕事から帰ってきてからだと、洗濯も掃除も行き届かん。世の一人暮らしの人間はどう生活しているのだ？」

……この人、日常生活が下手だな。まあ、軍での集団生活では、従卒や寮母が世話してくれてたから、事情は解らなくもないんだけどさ……。

「一人で大変でしたら、使用人を雇えばどうです？」

「使用人？」

聞き返す将軍に、俺は頷く。

「家事を使用人に任せれば、閣下も自分の時間に余裕が持てますよ。俺の知ってる人材派遣組合を紹介しましょうか？」

「うむ、頼む」

――この何気ない会話が転機になるなんて、思ってもみなかった。

人材派遣組合を紹介してから数日、ガスターギュ閣下の歩行速度が遅くなった。

いや、遅くなったというよりは、同行者と歩調を合わせるようになったというのかな。気を抜くといつもの速度に戻ってしまうが、ふと我に返って立ち止まって、俺が追いつくのを待ってくれるようになった。

「ガスターギュ閣下、最近歩くのがゆっくりになりましたね」

「うむ。心にカタツムリを飼うことにしたのだ」

……カタツムリ？

「不思議なものだな。意識して歩度を緩めると、よく話しかけられるようになって、人とぶつかっても相手が吹っ飛ばなくなった」

晴れやかに語る将軍閣下。吹っ飛ばすなよ。そして自分はノーダメージかいっ。でも、置いていかれない分、歩きながら会話ができるようになったし、呼び止めやすくなった。

あと、身なりも良くなった。

フォルメーアの王城は、軍事施設というよりは王族の住まう宮殿の意味が強い。従って、城壁内には近衛騎士団が常駐しているものの、軍総司令部や訓練施設は城壁外に建てられている。……とはいっても、総司令部の建物は王城正門のすぐ隣だが。

軍部の高官は時折、会議の為に王城に招集されることがある。普通なら王の御前に出る時は身嗜みに気を遣うものだが、うちの将軍はそうではない。毎回不審者として門前払いされかけ、その都度俺が衛兵に頭を下げて入城を許可して貰っていた。……損な役回りだったよ、まったく。

しかし、とある防衛会議の日。また衛兵に止められるのかと暗澹たる気持ちで城門前で上官を待っていたら……。そこに現れたのは、皺ひとつない正装の軍服を身に纏い、黒髪をカチッとセットした偉丈夫だった。

「は⁉ ガスターギュ閣下……ですよね？」

びっくり眼の俺に、彼は怪訝そうに眉根を寄せて、

「トーマス、お前まで寝ぼけてるのか？」

までってなんすか？　うわっ！　髭のない顔、初めて見た。この人、結構男前じゃん。傷のある顔は精悍という表現がぴったりだ。

「どういう心境の変化ですか？　髭を剃るなんて」

「家の者に『いつもの格好では王に謁見できない』と言われて理髪店に押し込まれた」

憮然と語る将軍。家の者って、使用人のことだよな？　ナイス、使用人！　今日は城内を一緒に歩いていても恥ずかしくない。そして……すれ違った女官が一瞬将軍に見惚れたのを、俺は見逃さなかったぞ。

それに、食事の仕方が上手くなってきた。

以前から食い散らかすというよりは、目の前の料理をあっという間に飲み込むって感じで、汚い食べ方ではなかったんだけど。スープはスプーンで掬うようになったし、肉もナイフで一口ずつ切り分け、丁寧に咀嚼するようになっている。

「最近、食事に時間を掛けてますね」

総司令部の食堂で向かい合わせにランチを摂りながらそう言ってみると、将軍は思い出したようにはにかんで、

「家の者が少量ずつ、とても美味そうに食べるんだ。それを見ると、自分も味わって食べようという気になる」

……へぇ。

　ちなみに、将軍は食事を受け取る時は「ありがとう」って言うし、たくさん食べるし、自分で食器を片付けるので、食堂の従業員に大人気だ。

　次に気になるのは、仕事の評価だが。

　ガスターギュ将軍は主に兵士の訓練教官をしている。十年以上最前線に立っていた英傑と、騎士爵目当ての坊っちゃんばかりの王都勤務の兵士達では、職業に対する姿勢が違う。

　最初は不満ばかりだったが……。

「うへー、あの将軍が来てから訓練がキッすぎ！」

「確かにキツいけどさ。俺、かなり体力ついてきたよ。城壁の外周一周しても息が切れなくなった」

「教え方も実践的でいいよな。野外拠点設営レースは白熱したよ。優勝チームに昼飯奢ってくれたんだぜ！」

「分かる。土嚢積み競争やってたお陰で、この前の大雨の時、堤防が切れる前に補修できたもんな」

「でも、あの人強すぎでしょ。俺らが束になっても敵わないんだもん。年内に一本取るのが目標だ！」

　……どんどん評判が良くなってきている。

　歩き方が変わり、風采が変わり、食べ方が変わる。元々悪い人じゃなかったけど、近寄りがたかったガスターギュ将軍は日を追うごとに親しみやすくなってきている。そして変化のきっかけとして現れるのは、いつも「家の者」という単語。

まだ見ぬガスターギュ家の使用人。……一体、どんな奴なんだろ……？


ある日のこと。執務室に入ると、ガスターギュ将軍がビスコッティを齧っていた。

「どうしたんですか？　それ」

「昼飯前に小腹が空くと話したら、家の者が持たせてくれたんだ」

また『家の者』か。確かに、兵士の朝練に付き合った後は腹が減るもんな。ま、書類を汚さないなら、いくら間食しても構わないっすよ。傍らで仕事の準備を始めた俺に、将軍は鹿爪らしい顔で広げたナプキンに山となった焼き菓子を差し出して、

「……食うか？」

……なんでそんな断腸の思いって風情で勧めるんですか。あげたくないなら、お裾分けしなきゃいいでしょうに。でも、気になるから貰いますけどね。

「いただきます」

俺は楕円形のビスコッティを一枚つまみ上げた。齧るとカリッとした歯ごたえと共に程良い甘さが口いっぱいに広がり、ローストナッツの香ばしさが鼻へ抜ける。

「うまっ！　売り物みたい！」

「だろう。家の者は料理が上手いんだ」

驚(おどろ)く俺に、将軍は自分の手柄(てがら)のように満足気だ。

「それなら、昼飯も弁当作ってもらえばいいじゃないですか」

俺の思いつきに、彼は真顔で、

「それでは荷物が多くなって通勤の妨(さまた)げになる」

……どんだけデカい弁当箱を持ってくる気だ？　いや、普段の将軍の食事量を見ていたら、分からなくはないけどさ。

「そういえば。この前、トーマスの助言通り花を贈(おく)ったら、家の者が喜んでいた。礼を言う」

あ、感謝を伝えたい人って使用人だったのか。てっきり恋人(こいびと)か口説く相手かと思った。考えてみればこの人って、全然浮(う)いた話聞かないんだよな。

「どういたしまして。どんな花を贈ったんです？」

「サボテン」

「……」

……俺がついて行って、一緒に選んだ方が良かったかもしれない。いや、サボテンもいい花だし、受け取った本人が喜んだなら問題ないんだけどさ。

激ウマビスコッティをもう一枚頬張(ほおば)りながら、俺はふと気づく。

「閣下、今日のシャツ、おろしたてですか？」

執務室(オフィス)では、将軍は大抵(たいてい)軍服の上着を脱(ぬ)いでいる。襟(えり)にスリットの入った青いシャツは、体格のいい彼によく似合う。いつもはパツパツかブカブカの服で野暮(やぼ)ったいのに。

「ああ、ミシェルに作ってもらった」

お、新しいワードが出た。『ミシェル』が家の者の名前か。

「ガスターギュ閣下の家の使用人って、どんな人なんですか？」

将軍は上目遣(うわめづか)いに考えて、

「小さくて、よく働く。心配りが行き届いていて、仕事も早い」

大絶賛っすね。これまでの情報を纏(まと)めてみると、『家の者』ことガスターギュ家の『使用人ミシェル』は、『料理が上手くて、裁縫(さいほう)が得意で、家事万能(ばんのう)。気遣(きづか)いが出来て、将軍の外見を整えて、食事のマナーまで教えている』と。

つまり……そのミシェルって使用人、親切な妖精(ブラウニー)さんかな？

だって、そんな出来すぎた人間、実在しないっしょ？　ちっちゃくて働き者なんて、お手伝い妖精(ブラウニー)しか思いつかん。いや、妖精なんてこの世に居ないって知ってるけどさ。でも、トロルが具現化したような将軍もここに座っているわけだし……。

「あ、そうだ」

　俺はふと思いつく。

「今日、ジェームズ達と飲みに行くんですけど、ガスターギュ閣下も来ませんか？」

　宿舎で暮らしていた頃はよく酒場に行っていたし、将軍は人付き合いの悪い方じゃない。

……ただ黙々と端っこで飲み食いしてるだけだが。その時に、もっと詳しく『家の者』のことを聞き出そうと思ったんだけど、

「いや、今日は無理だ」

　あっさり断られた！

「家の者に食事はいらないと伝えていない。明日ならいいぞ」

「は？　使用人でしょ？　いちいち外食の許可を取らないと文句言われるんですか？」

　それは越権行為だ。ムッと眉を顰めた俺に、将軍は否と首を振る。

「ミシェルは俺に文句など言わない。だからこそ、俺が配慮せねばと思うのだ」

……何？　何その関係？　勤めて数週間でどんだけご主人様の信頼勝ち取ってんだよ、『家の者』は!?　俺の方が付き合い長いんですけど！

　あぁ～！　ガスターギュ家に棲み着いた親切な妖精さんのことが、俄然気になってきたぞ！　俺はムクムクと沸き立つ好奇心を抑えられなくなっていた。

　終業時刻になると、ガスターギュ将軍は間髪を容れず席を立つ。

前の部署では『定時に帰るなんてありえない！』って空気があったから、補佐官になった当初は彼の行動に驚いた。思わず、「そんなに早く帰るなんて、なにか予定があるんですか？」って訊いたら、「仕事が終わった後に職場に残る理由があるのか？」と不思議顔で返された。……確かにないっす。

軍組織高位の将官が誰よりも早く帰るなんてけしからん、という苦情が旧体制派のお偉方から出たこともあるが、ガスターギュ将軍は「だったら辞める」と一蹴して黙らせた。

この人、引退したかったのに、国王陛下にどうしてもと乞われて軍に籍を留めている人だから、ある意味無敵なんだよね。お陰様で、ガスターギュ陣営の下っ端も定時に上がらせてもらえて、他の部署の連中に羨ましがられている。

……ってことで。

「お疲れ様です」

「お疲れ」

執務室を出ていく将軍を見送ってから、俺も素早く帰り支度を済ませる。さあ、作戦開始だ！　今日の任務は、ガスターギュ邸のお手伝い妖精を目視すること。実在するか確認したいだけだから、こっそりとね。

因みに、閣下が家を買ってすぐの頃に「遊びに行っていいですか？」って尋ねたら、「つまらないぞ」と断られたので、今回は強行突破だ。

執務室の施錠をしていると、同僚のジェームズが声を掛けてきた。

「トーマス、今日の飲み会だけど南通りにいい店が……」

ああ！　忘れてた！

「悪い、ジェームズ。急用が出来たんだ。俺抜きで行ってくれ。また今度埋め合わせするよ！」

同僚の「えぇー！」と不満を叫ぶ声を背に、俺は外へと駆け出した。

大通りに出ると、丁度良く通りかかった流しの辻馬車を止める。「城下通りを西に」と御者に指示を出して、俺は客車の背凭れに体を預けた。転居書類の手続きは俺がしたから、将軍の家の住所は知っている。先回りして家の前で張り込んで、帰ってきた将軍を出迎える人物を見届ける算段だ。

本当は徒歩通勤の将軍の後をつけるのが手っ取り早いのだが。同行者のいない彼の歩度は短距離走者並みでとても追いつけないし、追いつけたとしても、鋭敏な彼に尾行を悟られてしまう恐れがあるので馬車にした。

これが倫理に反した行為だってことは重々承知だよ！　ただ、純粋な若者の知的好奇心として今回だけは見逃して欲しい。……と、誰にともなく言い訳しているうちに、馬車は目的地に到着する。

槍柵に囲まれた前庭の向こうには、臙脂の屋根の瀟洒な貴族屋敷。おお、結構大きい。

ちょっと庭が荒れててお化け屋敷っぽいが。俺は柵の隅に隠れて正門を注視する。しばらくすると、ガスターギュ将軍が帰ってくるのが見えた。宵闇にそそり立つ影は、大木おばけのようだ。門扉の前で、将軍は立ち止まる。

――さあ、いよいよ『家の者』とご対面か⁉

ワクワクしながら見守っていると……。不意に将軍が、何かに引かれるようにくるりとこちらを向いた。

……へ？

そしてずんずんと俺へと一直線に進んでくる。え？　バレた？　こんなに暗いのに⁉

逃げる暇などない。気がついた時には、上官はもう目の前だ。

「何故、ここにいる？　トーマス」

足先まで痺れるような重低音が、頭上から降り注ぐ。

ひ、ひぃ！　俺、殺られるかも……っ。俺は必死で口を開いた。

「あの、そ……そう！　明日の午後の会合の場所が、第二会議室から講堂に変更になったとお伝えに……」

俺の苦しい言い訳に、将軍は眉を顰めて、

「……それ、明日の朝でも間に合うんじゃないか？」

ええ、まったくです！

「そ、そうですね。つい早くお知らせしなければと補佐官の使命感に駆られて」

あははと笑いながら、俺は自分を立て直す。

「でも、よく俺に気づきましたね。まだ声を掛ける前だったのに」

隠れていたとは言わないでおく。

「あんな露骨な視線に気づかぬわけがない」

……俺が鈍いのか、将軍が鋭すぎなのか。

「とにかく、用件は承知した。わざわざありがとう。気をつけて帰れ」

さっさと踵を返して家に向かう上官に、俺は思わず追いすがる。

「待ってください！　せっかくだから、お家に寄らせてもらえませんか？」

「無理だ」

秒で断られた！　もうちょっと考えてくれよ。

「なんでですか？」

「家の者に来客を伝えていない。夕食時に迷惑だ」

これまで非常識の権化だった人が、酷く真っ当なことを言い出したぞ。

「それなら、家には上がりません。玄関先までで。お家の方に軽く挨拶を。ほら、俺の紹介した使用人でしょう？」

正確には、俺が紹介した人材派遣組合から来た使用人だが。将軍は上目遣いに考えて、

「今日はもう遅い。日を改めろ」

「どうしてもダメですか？」

「だから、帰れと言っておる」

「いいじゃないですか。ちょっとご挨拶を……」

面倒くさげなガスターギュ閣下に、俺が必死で食い下がっていると——

「どうされましたか？　シュヴァルツ様」

——不意に、鈴を転がしたような愛らしい声が響いた。目を移すと門の向こうには……

メイド服の小柄な少女が立っていた。メイドキャップから覗く、柔らかそうな栗色の前髪。

彼女は零れ落ちそうなほど大きな榛色の瞳で心配そうにこちらを窺っている。地味めだけど、柔らかな雰囲気の端整な顔立ち。

……この子が、ガスターギュ邸の親切な妖精さん……。

「実在したんだ……」

俺は我知らず呟くと同時に、

(なんか、思ってたのと違うっ!!)

心の中で叫んでいた。え？　本当に、この子が将軍の言ってた『家の者』？　若っ！　どう見ても十代だよな？　小さくて料理上手で裁縫も出来てマナーまで完璧っていうから、てっきり可愛らしいおばあちゃまを想像してたのに。いや、想像と違うからがっかりってわけではなくて、むしろ……。

……はっ。

ちょっと待て。将軍が雇ってるのって、住み込みの使用人だよな？　ってことは、この子、将軍と暮らしてるの？　二人で⁉　……犯罪？　ここ、犯罪現場か？

混乱している俺を置いて、トロルとブラウニーは何やら小声で話し合う。多分、闖入者の処遇を決めているのだろう。使用人が笑顔で頷くのを確認し、将軍は不機嫌そうに俺を振り返って、双方の紹介をした。

「トーマス、うちの家政を任せているミシェルだ。ミシェル、俺の補佐官のトーマス」

「初めまして、トーマス様。ミシェルです。どうぞお見知りおきを」

スカートの裾をつまんで膝を折る挨拶は優雅で、貴族のご令嬢みたいだ。

「トーマスです。ガスターギュ閣下からお噂はかねがね」

俺が差し出した手を、彼女は笑顔で握り返す。

「悪い噂でなければいいのですが」

いい噂しかございません。

「お腹はお空きではないでしょうか、トーマス様。夕食の用意が出来ていますので、よろしければ」

お、急な来客にも対応できるのか。さすが、家事万能妖精。小さなメイドの背後から頭二つ分大きな将軍が（帰れっ！）と眼光で圧を掛けてくるのをひしひしと感じるけど……ええい、乗りかかった船だ！

「ぜひ。腹ペコです」

俺はにっこり微笑んで、ガスターギュ邸へ足を踏み入れた。

トーマス様を応接室にお通しして、食前酒とおつまみでお待たせしている間に、晩餐の準備に取り掛かる。

祖父がもてなし好きで昔はよく家に人を招いていたから、私には突然の来客への心得がある。料理は常に多めに用意し、一人の時も人前に出ても恥ずかしくない程度に身嗜みを整えておく。普段使っていない応接室もこまめに掃除しておいて良かった。

お料理はいつも五人前は作っているから、お客様用の一人前は確保できる。シュヴァルツ様の召し上がる分が減らないよう、私の分から調整しよう。ダイニングのテーブルセッティングをしていると、シュヴァルツ様が様子を見に来た。

「すまんな。急に人が来て」

「いいえ、お気になさらないでください」

バツの悪そうな彼に、私は笑って首を振る。

「ここはシュヴァルツ様のお家ですから、気兼ねなくお客様を呼んで頂いてよろしいのですよ」

旦那様が使用人の都合を気にして来客を断るなんて以ての外です。私の言葉に、彼はムスッとした顔で、

「俺の方がよろしくない。予定外の客は、準備不足の状態で夜討ちをかけられた時のようで胃が痛い」

……大丈夫です。我が家は意外と奇襲に対応できますよ。

「すぐにお食事のご用意ができますから、シュヴァルツ様はトーマス様のお相手をお願いします」

お客様を一人で放置するのは良くないし、私も結構忙しい。促す私に「うむ……」とつまらなそうに頷き、ダイニングを出ていくシュヴァルツ様、その彼の背中を、私は「あっ」と気づいて呼び止めた。

「私、今日は同じ食卓には着かず、お二人の給仕に専念しますのでご承知おきください」

「……なんだと？」

剣呑な空気で、最強の将軍が振り返る。ひぃっ、久々に怖いですっ。

「何故、食事を共にしない？」

　長身を屈め、傷のある顔を近づけてくるシュヴァルツ様は威圧感たっぷりだけど、私は怯まない。

「私は使用人ですから。主人のお客様をおもてなしするのが使用人の役目。そのためには、座っていることはできません」

「しかし……」

「私は使用人としてお給金を頂いております。私に仕事をさせてください、シュヴァルツ様」

　目を逸らさない私に、彼は不機嫌そうに唇を歪めて……、

「わかった」

　釈然としないながらも折れた。ダイニングを去るシュヴァルツ様に、私はほっと胸を撫で下ろす。

　……使用人は本来、ご主人様に食事する姿を見せぬもの。私が同じテーブルで我が物顔で食事しているのをお客様に見られたら、シュヴァルツ様の沽券に関わるものね。公私はしっかり分けなくちゃ。カトラリーを並べていると、今しがた出て行った将軍がダイニングのドアから顔だけ出して、

「おい」

「はい？」

「トーマスの皿は、俺の取り分から出せよ。ミシェルの分はちゃんと確保しておくように」

それだけ言うと、また首を引っ込める。

「……」

……うちのご主人様、使用人に過保護すぎじゃありませんか？

「うまー！」

メインディッシュを口に入れた瞬間、思わず俺は叫んだ。皮目はしっかり焼き目をつけながらも、ぷりっぷりでジューシーな鶏肉に、コクがあるのにさっぱりとした後味のサワークリームが絶妙だ。

「このサワークリーム煮、今まで食べた中で一番美味しいよ」

「ありがとうございます」

絶賛する俺に、使用人ミシェルはにこにこしながら少なくなったグラスにワインを注ぐ。

ガスターギュ家で提供される料理はどれもほっぺたが落ちるほど美味い。ジェームズの飲み会キャンセルした甲斐があった。しかも、メイドである彼女は可愛くて気が利く。口に出して頼むまでもなくワインのおかわりを察してくれるから、会話の邪魔にならないんだよな。

宿舎暮らしの時はガサツさが目についた閣下だけど、整えられた家でどっしり構えているのを見ると、やっぱ将軍の威厳を感じる。

「ただいまデザートをお持ちしますね」

皿を下げるタイミングも完璧。

「はー、ガスターギュ閣下はいつもこんな美味い料理食べてるんですか。羨ましい」

俺なんか、官舎の味気ない量産飯なのに。

「うむ。ミシェルには感謝している」

ワイングラスを片手に、ふっと表情を緩める将軍。

……あれ？　それってノロケっすか？　ああ、いいなぁ。俺も可愛いメイドにお世話してもらいたい。俺の実家も使用人が十人ばかりいるけど、みんな祖父や父の代からの熟練者ばかりで、俺と同世代がいなかったもんな。

「お前にも感謝してるぞ、トーマス」

不意に言われて顔を上げると、ガスターギュ閣下は黒い目を細めて、

「良く俺を援けてくれている。人材派遣組合のことだけでなく、な」

……人の縁は不思議なものだ。最初はこの辺境将軍のことを疎ましく感じてたけど。今は、この方の下に配属されて幸運だったかもと思い始めている。

「季節のフルーツのゼリー寄せです」

俺の前に、可愛いメイドが丸や星に型抜きされた果物たっぷりのデザートを置く。やっぱりコレも美味しかった。


食後のお茶が済んだら、帰宅時間だ。

「ご馳走様でした」

「うむ、気をつけて帰れよ」

「またお越しくださいませ」

玄関で腕組みしているガスターギュ閣下の隣で、ミシェルさんがぴょこんと頭を下げる。

癒やされるなぁ。このお手伝い妖精、うちにも一体欲しいっす。

「ええ、ぜひまたお邪魔します」

上官が許してくれたらね。

「あ！　お昼に焼いたマフィンがあるんです。お土産にお包みしますね！」

メイドは思い出したように手を叩くと、厨房に駆けていく。……いい子だ。

「閣下、このお屋敷に使用人ってミシェルさんだけなんですか？」

本人がいないところで、気になっていたことをこっそり確認してみる。

「ああ、そうだ」

この規模の屋敷を一人で維持するのって、かなり大変だろう。しかし……。

「ってことは、閣下とミシェルさんは、夜も二人っきりですか？」

「そうだが？」

……ほほぅ。勝手に口元がニヤけてしまう。

「閣下もなかなか隅におけないですね」

「ん？」

「いえ、閣下だって男盛りですからね。あんな可愛い子が傍にいたら、我慢なんか──」

軽くからかったつもりだったが、

「──ぐぇっ」

次の瞬間、目の前が暗くなって息が詰まる。気がつくと、将軍は俺の首を片手で掴み上げていた。喉が痛い。辛うじて床についているつま先がプルプル震えている。

「ミシェルは嫁入り前の娘だ。侮辱するな」

将軍は心臓が凍るほど鋭い眼光で俺を睨みつけた。

「今度また下衆な発言をしてみろ、縊るぞ」

「くび……っ!?」

ごめんなさいごめんなさい。もうしません!!

「お待たせしました──！」

　ミシェルさんがリボンを掛けたナプキンの包みを持って、のほほんと玄関に戻ってきたのは……俺がみっちり締め上げられた後のことだった。

「では、お邪魔しました。閣下、また明日」

「うむ」

　ドアが閉まるのを確認して、俺はふにゃりと肩の力を抜く。実に濃い一日だった。……主に就業後が。まあ、色々面白かったけど。

　腹が美味い物で満ちていると、心まであったかい。

　——閣下に怒られてもまた来よう。マフィンの包みを片手に、俺は足取り軽く帰路についた。

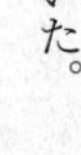

　くるくると丁寧に泡のついたスポンジでお皿を擦っていく。賓客用のお皿を出したから、いつもより慎重に洗わなきゃね。今日は初めてのお客様で張り切ってしまった。トーマス様に喜んでもらえたなら良かったのだけど。
　水切りカゴにお皿を立てて一息つく。濡れた手をエプロンで拭っていると、シュヴァルツ様が声を掛けてきた。

「ご苦労だったな」

「いえ、仕事ですから」

私は使用人。ご主人様のお役に立つのが生き甲斐です。

「次は事前に予定を決める。どうも若い者は向こう見ずでいかん」

……あなたも十分お若いですよ。唸る将軍に苦笑を返して、私はふと、

「トーマス様は、貴族ですよね？」

シュヴァルツ様は僅かに眉を上げた。

「何故、そう思う？」

「わかりますよ」

だって、ごく自然に使用人を使っていたもの。平民は人に傅かれることに慣れていないから、あせって萎縮したり、逆に横柄になったりする。……継母や義姉のように。

トーマス様は食事の仕方も給仕のされ方もスマートだった。ワインのおかわりを求める動作もエレガントだったしね。そういう仕草が身につく環境で育った、きっと生まれながらの上流階級だ。

シュヴァルツ様は「ふむ」と顎に手を当てて考える。

「俺が剣を構えた相手の技量が読めるのと同じことか？」

「……多分」

その譬えが正解なのかは不明ですが。

「そろそろ厨房の火を落としますから、シュヴァルツ様もおやすみください」

「うむ。だが、その前にやることがある」

彼はスツールに座って、私を見上げた。

「ミシェルの食事が済んでいない。終わるまで共に居よう」

……あ。

「い、いえ！　大丈夫ですよ！　さっと食べて、さっと片付けちゃいますから！」

狼狽えながら辞退する私に、将軍は否と首を振る。

「俺がここに居たいんだ」

「……っ」

泣きますよ、そんなこと言ったら。食事を始める私をシュヴァルツ様は黙って見ている。

……トーマス様が、彼は職場で私のことを「家の者」って呼んでいるって教えてくれた。

使用人にご主人様が気を遣わなくていいのにと、心苦しくもなるけど……。

やっぱり、労られるのって嬉しいな。

西の空が赤く染まってくる頃。ガスターギュ将軍は、無表情だが明らかにいそいそと帰り支度を始める。この人って、本当に定時になったら一秒でも職場に居たくないタイプなんだよな。仕事がよっぽど嫌いなのか、それとも家が好きなのか。……多分、両方だな。

ま、仕事はきっちりこなすから、文句はありませんが。終業の鐘が鳴って風のように消えてしまう前に、俺は私事を切り出した。

「ガスターギュ閣下、先日は夕食ありがとうございました」

「うむ。招待した覚えはないが」

意外と辛辣っすね。

「手土産も用意せず失礼しました。これ、ミシェルさんとご一緒にどうぞ」

そう言って渡したのは、王都で流行りのパティスリーの砂糖菓子詰め合わせ。将軍は甘い物なんて食べないだろうけど、贈り物ってのは女性の好みに合わせるのが無難だからね。

「気を遣わずとも良いのに」

鹿爪らしい顔で受け取った将軍は……何故だか嬉しそうに見える。

「それにしてもミシェルさんて、若いのにしっかりしてましたね。おいくつなんですか？」

「十八と言っていた。訊いても刺されなかった」

……ああ、前に俺が話した注意事項を覚えてたのか。でも、あれは社交界のマナーとして教えただけで、雇用主が従業員に尋ねるなとは言ってないぞ。しかし、十八歳なんて妙齢のお嬢さんじゃん。将軍の態度からして、愛妾として囲っているわけじゃないのは分かったが……。あの二人、妙にイイ雰囲気なのに、本当に付き合っていないのか？

うずうずと、好奇心が騒ぎ出す。縊られない程度に、もう少しツッコんでみよう。

「ミシェルさんて、恋人いるんですか？」

「さあ？　それは訊いたことがない」

訊けよ。そこ、重要！

「えー！　じゃあ、俺が狙ってもいいですか？」

あんな可愛い子なら、俺だって恋人にしたい。半ば本気で尋ねてみると、
途端にガスターギュ将軍は眉を険しく吊り上げて、

「狙う、……だと？」

「命をか？」

なんでだよ。

獰猛な狼の目つきで俺を睨みつける将軍に、俺はちびりそうになりながらも呆れてしまう。

「なんでそんな物騒な発想になるんですか。狙うっていうのは、口説いていいかってことです」

「それならそう言え」

将軍はうんざり返すが、普通は俺の台詞で伝わります。

「トーマスはミシェルに気があるのか？」

「そりゃ、あれだけ可愛くて気立てが良い子なら、お付き合いしたくなりますよ。閣下はそうじゃないんですか？」

「知らん」

……何が知らないんだ？　この人もしかして、かなり恋愛に淡白？　それとも疎い？

「閣下はミシェルさんのこと、どう思ってるんですか？」

「家のことを任せられる、信頼できる者だと認識している」

模範解答だな。

「それだけですか？」

「それだけ、とは？」

「女性としてどう見てるかってことですよ。ミシェルさんは初対面の俺から見ても、魅力的な女の子ですよ？　他の男が放っておきませんよ？　ある日、急に余所の男と結婚します！　って言い出す可能性もあるんですよ!?」

ヒートアップした俺の言及に、

「ミシェルが……余所の男と結婚？」

将軍は動揺しながらも真剣な眼差しで……、

「その時は、嫁入り道具は俺が用意すればいいのか？」

「なんでだよ」

あ、思わず声に出してツッコんじゃった。

「嫁入り道具は親御さんが用意する物でしょう。何故、ガスターギュ閣下が保護者目線なんですか？」

ただの雇用主なのに、後見として嫁がせる気満々じゃん。

「いや、ミシェルには世話になってるし、それくらいはした方がいいかと」

「お世話するのがミシェルさんの仕事でしょうに」

だって使用人なんだから。

「そうなのだが……」

将軍は唇に手を当て、厳かに、

「戦場しか知らなかった俺に、初めて心から安らげる場所を作ってくれたのがミシェルなんだ。その彼女の幸せを願うのは、俺の思い上がりだろうか？」

「……」

……もう、あんたら結婚しちまえよ。

## 【五】平穏な毎日

晴れた日の午後は、お日様の匂いの芳しい洗濯物を取り込んでから、夕食の準備だ。

平日の私のタイムスケジュールは、ほぼ同じ。朝起きて、朝食を作って食べたら、シュヴァルツ様のお見送り。それから洗濯に入浴にお買い物。帰ってきたら掃除と細々とした雑用。そして日が暮れる前から夕食作りに取り掛かる。とにかく量が多いから、早めに支度を始めないと。

大鍋に一山のジャガイモとかぶる程の水を入れて、串がスッと刺さる硬さまで茹でる。その間に、玉ねぎとひき肉を炒めます。ジャガイモが茹だったらお湯から上げて、布巾で包んで……、

「ここにいたのか」

「わっ!?」

……突然ひょっこり厨房に顔を出したシュヴァルツ様に、私はビクッと肩を跳ねさせた。

「おかえりなさいませ。今日はお早いんですね」

まだ明るい時刻なのに。

「ああ。近くに視察に来ていたから、直帰した」

そういうこともあるのですか、意外とフレキシブルな職場なのですね。……昼間って誰もいなくて油断してるから、うっかり鼻歌を歌ったり、踊りながら掃除したりしてる姿を見られなくて良かった……。

「お夕飯まで時間がありますから、ゆっくりお寛ぎください。お茶は居間にお持ちしましょうか？　それともシュヴァルツ様のお部屋に？」

「そうだな……」

彼は思案げに視線を彷徨わせ、ふとジャガイモの山に目を留めた。

「何を作っているんだ？」

「お芋のクロケットです」

「芋の？　中身はクリームじゃないのか？」

フォルメーア王国では、クロケットと言ったらベシャメルソースのクリームコロッケが主流ですよね。でも、

「ポテトコロッケも美味しいですよ」

「……芋か」

微妙に表情を曇らすシュヴァルツ様。……あれ？

「ジャガイモ、お嫌いでしたっけ？」

これまで色々な料理に使ってましたが。

「嫌いではないが……」

彼は歯切れ悪く、

「前線にいた頃、補給線を絶たれて何ヶ月か芋と木の根を齧って食い繋いだことがあってな。積まれた芋を見たら、それを思い出した」

……き、木の根？

「では、別のメニューにしますね」

「それはしなくていい」

ジャガイモの山を見えない場所に移動しようとする私を、シュヴァルツ様が制止する。

「芋のクロケットに興味がある。作るところを見ていても……いや、俺も作業に加わっていいか？」

シュヴァルツ様が料理を⁉

「え⁉ あの、はい。お望みでしたら」

動揺しつつも、私はコクコク頷く。厨房に二人で並んで一緒に料理。

「それでは、まずジャガイモの皮を剥きます。茹でたジャガイモを布巾で包んで、皮を左右に開くように指を滑らせると、簡単に剝けます。冷めると剝きにくくなるので、なるべく手早く行います」

実演しながら教える私の手元をじっと観察していたシュヴァルツ様は、見様見真似（みようみまね）で布巾にジャガイモを載（の）せる。そしてぎゅっと左右に力を込めて、

「……砕（くだ）けた」

「え!?」

彼の手の中のお芋さんは、見事にマッシュポテトになっていました。……握力（あくりょく）が違（ちが）いすぎる。

「だ……大丈夫（だいじょうぶ）ですよ！　どうせ後から潰（つぶ）すので、手間が省けました！」

そこはかとなく打ちひしがれるシュヴァルツ様を、私は全力で励（はげ）ます。

「あ、粉々になっても、芽は必ず取ってくださいね」

「芽？」

「これです」

私はジャガイモにあるいくつかの窪（くぼ）みを指差す。

「スプーンで掘（ほ）り出します」

「何故（なぜ）、そんなチマチマしたことを？」

「ジャガイモの芽には毒素が含まれているんです」

私の答えに、彼は上目遣（うわめづか）いに二秒ほど考えて、

「今までなんともなかったぞ？」

……ご無事でなによりです。

「なにかあったら困りますから、全部取り除きましょうね」

「むう。ジャガイモの皮剝きは手間が掛かるのだな。木を伐採して堤防を作る方がよっぽど楽だ」

……比較対象が豪快ですね。

百戦錬磨の将軍と、なんの力もない使用人は、揃ってジャガイモの山の攻略に挑んでいきます。皮と芽を取り除いたらボウルに入れて潰し、冷ましていた炒め玉ねぎとひき肉と一緒に交ぜていく。

「これだけで美味そうだな」

ヘラで材料を交ぜながら、シュヴァルツ様が唸る。美味しいですよ、塩とスパイスで味を整えていますから。でも、更なる高みを目指して、もう少し辛抱ですよ！

タネが出来たら、成型です。

「こうやって楕円形にまとめていきます」

両手でクロケットの形を作る私の横で、シュヴァルツ様もボウルからタネを掬う。

「こうか？」

そう言って見せてきたのは、私の作った物より三倍は大きな成型ダネ！

「シュヴァルツ様のクロケットは、随分食べごたえがありそうですね」

「ミシェルのは一口でいけるな」

私達は目を合わせ、同時に吹き出した。一緒に同じことをするのって、楽しいな。

成型したタネを大皿三枚にぎっしり並べたら、いよいよ最後の大仕事です！　深底フライパンに油を熱し、揚げていきます。量が膨大なので、今回の衣は、小麦粉↓卵↓パン粉ではなく、バッター液↓パン粉にします。

「これは何だ？」

油切りバットを用意する私に、シュヴァルツ様がボウルに満たされた薄黄色の液体を指差し訊いてくる。

「バッター液です。小麦粉を卵と水で溶いた物で、揚げ物の衣として使います」

「ほう、これにも卵が入っているのか！」

将軍は感心する。

「卵の汎用性は計り知れないな！」

また信仰心が高まりました。そろそろ小麦粉も御柱に加えてあげてください。パン粉は、余ったパンを乾燥させてすり下ろして作りました。

「では、揚げていきますね」

片手に持ったタネをさっとバッター液にくぐらせ、パン粉の山に埋めて、素早く油に投入！　しばらく待って、浮いてきたら完成だ。こんがりきつね色の揚げ上がり第一陣を、油切りバットに並べる。パン粉のこげる香ばしい匂いが鼻孔をくすぐり、嫌でも食欲を刺激する。

「たまらんな……」

ごくっと喉を鳴らすシュヴァルツ様。私も限界です。

「……味見、しますか？」

「……いいのか？」

私の悪魔の誘惑に、彼は胸をときめかす。

「いいんです。揚げ物は揚げたてが命ですから！」

最高の状態を逃したら、クロケット様に失礼です！　私達は、黄金の宝玉にかぶりつく。サクッとした衣の軽い歯ごたえに続いて、まろやかな舌触りのポテトと肉の脂の旨み、玉ねぎの甘さが口いっぱいに広がる。

「～～～っ！」

言葉に出来ず、思わずジタバタしちゃう美味しさ。熱くて舌を火傷しそうだけど、でも止まらない。はふはふと息を弾ませながら、あっという間に一個完食してしまう。

「……やばいな、これは」

「……やばいですね」

揚げたて優勝です。

「つ……次は俺が揚げていいか？」

何故か密談のように声を潜めるシュヴァルツ様に、私も神妙に頷く。

「ええ。でも、破裂する可能性があるのでお気をつけください」

「なっ!?　クロケットは爆発物なのか!?」

ある意味、危険物です。慎重な動作でシュヴァルツ様がクロケットを油に入れる。……幸いなことに、油が跳ねることはありませんでした。金色の海をたゆたうポテトの塊を眺めながら、彼はフッと小さく笑った。

「？　どうされましたか？」

「ああ。……愉快だなと」

彼は遠い目をして、

「芋には良い思い出がなかったが……。こうして楽しい思い出にも塗り替えられるものなのだと知った」

「シュヴァルツ様……」

きっとこれからも、楽しい思い出が増えますよ。

……シュヴァルツ様はたまに以前の赴任先のことを口にするけど、多くは語らない。だから私も……深くは訊けない。私に出来るのは、シュヴァルツ様の『現在』を快適にすることだけ。

「私、今度はシュヴァルツ様が成型して揚げたクロケットが食べたいです」

私が指し示したのは、自分が作った物より三倍は大きなクロケット。彼は眉を顰めて、

「……食いきれるのか？」

う……っ。

「絶対食べきります！」

だって、シュヴァルツ様の初料理だもん！

厨房の中で、椅子にも座らず立ってつまみ食い。お行儀悪いことこの上ないけど……それが楽しい。私達は、二人で山のようなクロケットを消費した。

……そして案の定。私は夕食前にお腹いっぱいになりました。

でも、シュヴァルツ様は普通に夕食も食べてましたよ。凄い！

針に巻きつけた糸を慎重に押さえて引き抜き玉止めし、余った糸をパチンと切る。

「……できた！」

肩口を持って広げたのは、萌黄色のワンピース。型紙から起こして作った自分の服第一号の完成です！

シュヴァルツ様の服は結構縫ってるんだけど、私のはお屋敷に残っていた服をリメイク

するばかりで、生地から作ってなかったんだよね。家事の合間にミシン掛けして、夜寝る前に手縫い作業で二週間ほど。漸くお気に入りの一着が出来上がった。ずっと借り物感が拭えなかった部屋に、自分だけの物が増えていくのは嬉しい。

パフスリーブでウエストマークに共布のリボンベルトを付けて、スカートは自然なドレープが出るようにした。そして襟と袖口は波模様の刺繍で縁取り。シュヴァルツ様の服はボタンも嫌がるほどシンプルだから、自分用はつい装飾に力を入れてしまった。刺繍には手間取ったけど、がんばった甲斐があったな。

「かわいー！　素敵ー！　アイロンも掛けなきゃー！」

出来たてのワンピースを体に当て、自室のドレッサーの前で鏡に映った自分を見ながらはしゃいでいると、

「ミシェル、何かあったのか？」

不意にドアをノックする音がした。シュヴァルツ様が私の部屋に来るなんて珍しい。というか、初めてかも。

「はい、なんでしょう？」

ひょこっとドアから顔を出すと、寝間着用のチュニック姿の彼は戸惑ったように、

「何か声と足音が聞こえたので、誰か侵入したのかと思って」

……ふわあぁぁぁっ！　私ったら、ワンピース完成のハイテンションで、独りで奇声

を上げながら喜び舞い踊っていましたよっ！

今は夜で、いくら広いとはいえ二人暮らしで静かなお屋敷には音がよく響く。……そりゃあ、心配して様子を見に来るよね。

「驚かせてすみません。ちょっと、新しい服が完成したのではしゃいでいました」

ううう、恥ずかしい。正直に事情を説明する私に、シュヴァルツ様は「何事もなければそれでいい」とあっさり受け流してくれた。……優しさが胸に痛いです。

「服を作ったのか？」

「はい。これなんですけど……」

説明の延長で、私は萌黄色のワンピースを見せる。

「結構上手く出来たかなって。あ、でもどこかに着ていく予定もないんですけどね」

自画自賛してから苦笑する。平日の私のユニフォームはメイド服だし、部屋着にするには大袈裟だしで、今の生活では着る機会の少なそうなデザインのワンピース。でも、綺麗めの外出着は一着持ってると、何かあった時便利だもんね。

「お騒がせして申し訳ありませんでした。おやすみなさい」

深々とお辞儀して事態を収束させようとする私に、シュヴァルツ様は顎に手を当てて思案して、

「それでは、今度の休みにあのカフェテリアに行くか」

「……へ？」

言葉の意図が解らずキョトンとする私に、彼も戸惑ったように首を傾げる。

「その服を着る機会が欲しいのかと思ったのだが……迷惑だったか？」

「いえ！　滅相もございませんっ！」

私は首がもげるほどブンブン横に振る。まさかシュヴァルツ様が誘ってくださるなんて！

「嬉しいです！　とっても楽しみです！」

「そ、そうか……」

あまりの私の食いつきっぷりに、将軍はちょっぴり引き気味ですが、気にしません。だって本当に嬉しいから！

「では、もう寝ろ。寝ないと大きくなれないぞ」

「はぁい」

多分、もうそれほど成長しないと思いますが。踵を返すシュヴァルツ様にもう一度おやすみなさいを言って、私はドアを閉めた。ワンピースを抱いて、ボフッとベッドに倒れる。

休日までは何日もあるのに……。

「どうしよう、楽しみすぎて眠れない」

私は今度はご主人様を驚かせないように、静かに足をジタバタさせた。

窓の外のスッキリとした快晴に胸が躍る。いよいよお出掛け当日です！

といっても、ただ近所のカフェテリアにブランチしに行くだけだけど。一緒に暮らして毎日顔を合わせているのに、外に出掛けるというだけで何だか新鮮で……ドキドキする。

まあ、シュヴァルツ様的には、何とも思ってないのでしょうが。

鏡の前で身支度をしていると、どんどん不安になってくる。……もしかして、私の「どこかに着ていく予定もない」って台詞、暗にお誘いを強要してた？ せっかくのお休みに、ご迷惑だったかな？ でも……。

「準備できたか？」

玄関の方から声がして、私はバッグを片手に自室を飛び出した。

「は、はい！」

「お待たせしました」

玄関ホールで待っていたシュヴァルツ様に挨拶する。いつもは髪を纏めてメイドキャップに収めているけど、今日はおニューのワンピースに合わせて、サイドに編み込みを入れて髪を下ろしている。

……気合の入れ過ぎで引かれてないかな？ 上目遣いに恐る恐る窺うと、彼は顎に手を当てて、背の低い私をしげしげ見下ろして、

「常々思っていたのだが……」

大きな掌で、私の背中をトンッと軽く叩いた。

「お前はすぐ背が丸まる。もっと胸を反らし、顔を上げろ」

反動でぐっと背筋が伸びる。俯きがちなのは……いつの頃からかついた、私の癖。

「前を向いていれば、視界が広がり、不意の敵襲にも対応できる」

……て、敵襲？

「姿勢が良ければ肩や腰の負担が減り、呼吸もしやすい。体を大きく見せて、敵を威嚇することもできる」

「は、はあ」

淡々と述べるシュヴァルツ様に、私は混乱しながら頷く。なんか、ダメ出しされてる？

今日の私、そんなにダメですか？　本当はお出掛けしたくなかったのかな？　言われたそばからどんよりと俯きそうになる私に、

「つまり、何が言いたいのかというと」

彼はそっぽを向きながら、

「……俺は女性の服のことは解らんが。せっかく似合っているのだから、下を向いていたら勿体ない」

え？　と見上げると、彼の耳は赤くなっていて……私の頰まで熱くなる。シュヴァルツ

様って、私を元気にさせる天才ですね。

「では、行くぞ」

「はい！」

背筋を伸ばすと、いつもより世界が明るく見える。私はシュヴァルツ様の隣を歩きながら、スキップしたい気持ちを抑えるのに苦労した。


「ありがとうございましたぁ～！」

可愛い店員さんに見送られて、店を出る。

「甘いモンだけで腹を満たすのも、たまにはいいな」

「そうですね」

今日もファンシーな名称のスイーツを思う存分堪能してきましたよ。満足そうにお腹を擦るシュヴァルツ様に、『くまさんのはちみつジャンボパルフェ』を三度もおかわりした光景を思い出し、私はクスクス笑う。

「ほんとに美味しかったですね」

しみじみ言うと、彼はちょっと困ったように、

「ミシェルの飯も美味いぞ？」

……そこら辺、対抗意識はないので気を遣わなくて大丈夫ですよ。新しい味に触れられ

るのも外食の醍醐味ですから。私的には後片付けがないので、お店のご飯万歳です。

「これから、どうしますか？」

まだお昼過ぎで、日が暮れるまでは時間がたっぷりある。もう少し街を歩きたいな、と思っていたけど、

「帰って庭をいじろうと思う。明るいうちに、色々掘ったり埋めたりしたい」

……何を埋める気ですか？

でも、シュヴァルツ様にはやることがあるのか。それなら仕方ない。休日の全部を一緒に過ごすこともないもんね。ちょっぴり寂しい気もするけど……自由は尊重された方がいい。

「ミシェルはどうする？」

「私はお買い物して帰ります。休日には平日と違った市が立つので」

たまに異国のキャラバンも来るから、珍しい布があったら仕入れたいしね。

「そうか。ではまた後で」

「はい、お気をつけて」

私達はその場で別々の方向に歩き出して——

「そこのアナタ！　美容に興味ない？」

——三歩目で路地から声を掛けられた。

「舶来のいい品があるのよ」

「今、無料で試供品を配ってるんだ。そこの店まで来てよ」

突然現れた派手目の男女が私の進路を塞ぎ、あれよあれよと路地裏に引き込もうとする。

「あの、そういうの間に合っていますので。大丈夫です」

「いいから、いいから」

「タダだよ！　お得だよ！」

「いえ、本当に結構ですので……」

「遠慮するなって！」

断ってもぐいぐい来る。ど、どうしよう……と狼狽えていると、

「ゴルアァァ!!」

いきなり頭上から雷のような怒号が響いた。多分、コラって言ったんだと思うけど、実質「ゴルアァァ!!」に聞こえる咆哮。振り仰ぐと、当然そこにはシュヴァルツ様。

「貴様ら、何をしている？　憲兵を呼ぶぞ！」

「ひぃぃっ！」

「ごめんなさいぃぃっ！」

声だけで吹き飛ばされそうな勢いに、腰を抜かしかけた男女は這々の体で逃げていく。

「あ、あの、ありが……」

お礼を言いかけた私に、彼ははぁっと露骨に肩を落とした。

「何故お前は、街に来る度に絡まれているんだ？」

「えぇ？　た……たまたまですけど？」

平日買い物に来る時は、そんなことありません。休日、人通りの多い時に限ってです。

……多分。

しかし、将軍は納得していない様子で、

「何がたまたまだ。俺が見た時は必ず絡まれているぞ。二回中二回、確率十割だ！」

ううっ。暴論ですが、そこだけ切り取られると事実です。

シュヴァルツ様は「ったく……」と悪態をつくと、諦めたように髪を掻き上げた。

「俺もお前の買い物についていく」

「え!?」

思ってもみない申し出に、私はびっくり仰天だ。

「いえ、そこまでして頂かなくても」

「もう決めたことだ。ミシェルが拐かされたらたまらん」

心配性なシュヴァルツ様に私は苦笑を返す。

「拐かすって、子どもじゃないんですから」

「……子どもじゃないから困るのであろう」

「え？」

何だろう？　最後の言葉、小さすぎてよく聞き取れなかった。キョトンとする私を彼は一瞥して、

「どこに行きたいんだ？」

……この方、一度言い出すと引かないんだよね。じゃあ……。

「布屋さんに」

せっかくだから、次に作る服の生地を選んでもらいましょう。

「ん」

頷いて歩き出すシュヴァルツ様に、私も並んでついていく。私の用事に付き合わせるのは申し訳ないけど……一緒に過ごせるのは、やっぱりちょっぴり嬉しかった。

……来週は、私が庭仕事をお手伝いしますね。

## 【六】誕生日のこと

——それは、何気ない会話から発覚しました。

「おはようございます、シュヴァルツ様。今日の卵料理は何にしましょう？」

「両面焼き黄身半熟、両目、マスタードを添えてくれ」

「畏まりました」

朝食の注文もスムーズになってきた昨今。

「これはヤマモモか」

気だるげに丸パンにルビー色のジャムを塗っている寝起きの悪いシュヴァルツ様に、右手側に座った私が頷く。

「はい、お庭に生っていたので煮てみました」

お屋敷の庭木には何本か果樹がある。放置されていても実をつけるのだから、植物は逞しい。お庭のお手入れの時、果樹は伐採しないようお願いしておこう。

「そうか、今はヤマモモの生る時季か。王都は季節感がないからな」

シュヴァルツ様はパンを頬張りながら、

「今日は何日だ？」

「五日ですよ」

「……あ」

思い出したように小さく呟いて、何事もなかったように咀嚼を再開する。……何が
「あ」なんですか？　気になるんですけどっ。

「あの、シュヴァルツ様、どうかされましたか？」

「ん？」

「今、何か言いかけてやめたようでしたが？」

「大したことじゃない」

彼はごちそうさまと席を立ちながらポツリと、

「ただ、誕生日だなと」

「誰のですか？」

「俺の」

……。

「えぇぇえ!?」

私は衝撃に椅子から転げ落ちそうになった。

「おめでとうございます！　え？　えぇ？　なんで言ってくれなかったんですか⁉」

「今、気づいたから」

「え？　でも、お誕生日ですよ、お誕生日！　年に一度しかないんですよ⁉」

突然の知らせに恐慌状態な私に、

「年に何度もあったら、年ばかり取ってかなわんだろう」

シュヴァルツ様は飄々と返して、何事もなかったように出勤準備を始める。なんでそんなに冷静なんですか？　お誕生日なのに？

「今日は遅くなるご予定とか、お客様を呼ぶご予定はございますか？」

「別に。何もなければいつも通りだ」

何もないって……お誕生日ですよね？　パーティーとかあるんじゃないんですか？　あれ？　私の認識がおかしいの⁇

「では、いってくる」

「はい、いってらっしゃいませ」

いつも通り玄関でお見送りして、閉まったドアに首を捻る。シュヴァルツ様って、お誕生日がお嫌いなのかしら？　……でも、知ってしまったからには、なかったことにはできません！

「よし、がんばろう！」

タイムリミットは夕刻まで。私は拳を握って気合を入れると、買い物カゴを提げて市場へ向かった。

そして、買ってきた大量の食材を調理台に並べていざ勝負。お誕生日ディナーですから、普段より豪華なメニューにしますよ！

……といっても、食費はシュヴァルツ様が出してますので、ちゃんと一ヶ月の予算内に収まるよう調整しますが。

お祝いのメインディッシュといったら、やっぱり肉。とにかく肉！　今回はローストビーフにします。塊肉って、視覚的にインパクトあるものね。どっしり重いモモ肉に下味をなじませてから、フライパンで全面に焼き色をつけて、オーブンでじっくり。その後、休ませる。待ち時間の長い料理だから、合間に副菜とデザート、そしてプレゼントの準備もしちゃうよ。

お部屋の飾り付けはどうしよう？　横断幕に「お誕生日おめでとう」って書いたらやりすぎかしら？　道化師を呼んだら怒られるかな？

シュヴァルツ様はご自分の誕生日に興味がなさそうだったけど……。やっぱりお祝いしてあげたい。自己満足だけど、これが私の気持ちだ。通常の家事もこなしつつ、私はせっせとバースデーパーティーの準備に勤しんだ。

夕星が西の空に瞬き出すと、そろそろシュヴァルツ様のご帰宅の時間。

「おかえりなさいませ」

「ただいま」

「夕食のご用意ができております」

「うむ、いただこう」

玄関でお迎えして上着を受け取り、ダイニングへ向かう。これはいつもの流れだ。先を歩く彼に、私も何食わぬ顔でついていく。……さあ、ここからが本番だ。

シュヴァルツ様がドアノブに手を掛ける。大きな樫のドアが開いた瞬間、

「お誕生日、おめでとうございます！」

私は大きな拍手と共に、声を張り上げた。長大なテーブルの上には、所狭しと並べられた料理が燭台の灯に照らされている。調度品の壺には、季節の花のアレンジメント。お庭の植物を摘んできただけだけど、なかなかの出来栄えだ。

私の精一杯のおもてなし。シュヴァルツ様は喜んでくれるかな？　ドキドキしながら見守る私の期待をよそに、彼はドアを開けた形のまま硬直している。

……あれ？　暫く待っても微動だにしない将軍に、段々不安になってくる。私、余計なことしちゃったのかな？

「あの、シュヴァルツ様……」

私は恐る恐るお顔を覗き込んで――

「……!?」

――ハッと息を呑んだ。

だって……飾り付けられた食卓を凝視したまま、彼は瞬きもせず右の瞳から一筋の涙を零していたのだから。

「シュ、シュヴァルツ様……？」

「すまん、……驚いた」

狼狽える私に気づき、手の甲で涙を拭う。

「そうか、誕生日は祝うものだったな」

ほうっと感慨深げにため息をつく。

「これまで生年月日など没年を計算するだけのものだと思っていた」

……シュヴァルツ様は幼い頃にご家族を亡くされてからずっと戦場に立っていたというから、お誕生日をお祝いしてもらった記憶が残っていないのかもしれない。

「おかしいな。今更年を重ねることを嬉しく感じるなんて」

私を見下ろしはにかむ彼に、いいえと首を振る。

「ちっともおかしくありませんよ」

彼は黒い瞳を大きく開き、それから戸惑ったように視線を泳がせ、

「……うちの補佐官に、女性に不用意に触ると訴えられると言われているのだが……」

呟きながら、両手を私の背に回す。

「少しだけ、こうさせてくれ」

「……っ」

大きな体で覆い被さるように抱き竦められて、今度は私が硬直する。

「シュ、シュヴァルツ様……？」

壊れ物のように慎重に、でもしっかりと包み込む腕に、私は動けない。微かに震える厚い胸板に頬を寄せると、力強い鼓動が聞こえる。晴れた日の草原みたいな、シュヴァルツ様の匂い。

「ありがとう、ミシェル」

吐息が耳に掛かって、心臓が飛び跳ねる。

「二十七歳おめでとうございます。シュヴァルツ様」

……私は彼の気が済むまで、ずっと寄り添い続けた。

暫くすると、シュヴァルツ様は一つ息をついて私から離れた。

「……では、飯にするか」

ギクシャクと逸らした目元が赤いのは、気恥ずかしさからかもしれない。

「そ、そうですね」

私も努めて平静を装って席に着く。本日のお誕生日ディナーは、本来ならコースで一品ずつサーブするようなメニューだけど、ガスターギュ家では最初から全皿テーブルに出しています。私が中座して厨房に行くことをシュヴァルツ様は嫌がるから。でも、テーブルを覆いつくすように並んだ料理は見た目に華やかで心が躍る。

メインのローストビーフにはグレイビーソース、ヨーグルトソース、ビネガーソースの三種類を添えて、マッシュポテトもボウルいっぱいご用意致しました。あとは生野菜たっぷりのミモザサラダに、スープは冷製トマトポタージュ。

そしてデザートは、六号のエンゼル型で作ったプリン！

定番のデコレーションケーキにするか迷ったのだけど、やっぱり本日の主役の大好物にしました。穴の空いた円状のプリンの中心にフルーツをたくさん詰めて、クリームとアラザンで飾り付けしてバースデーケーキ風に仕立ててあります。時間があったらマジパンでシュヴァルツ様人形も作りたかったのですが、今回は見送りです。無念。

「美味い！　こんなにいい思いができるなら、毎日が誕生日でもいいな」

上機嫌でステーキの厚さのローストビーフを頬張るシュヴァルツ様。少し不安もあったけど、パーティーをして本当に良かった。粗方の食事が済み、あとはデザートを残すのみというところで、私はリボンの掛かった包みを取り出した。

「シュヴァルツ様、心ばかりの品ですが」

「これは？」

受け取って包みを開いた彼は、驚きに目を見開いた。そこに入っていたのは、コルクソールのトングサンダル。シュヴァルツ様は暑い日はお屋敷内を裸足で歩き回っちゃうから、少し前から室内履き用にとコツコツ作っていた物を急遽仕上げたのだ。これなら気軽に足を入れられるし、涼しいし、使い易そうだと思ったのだけれど……。

彼は室内履きを両手で大事そうに胸に抱え、私を見つめた。

「ありがとう、ミシェル。今までもらったどんな報奨よりも沁みる」

私は大袈裟ですよとおどけて返すけど……喜んでもらえて嬉しいです。

「これだけしてもらえたのだから、ミシェルの誕生日はもっと盛大にやらねばな」

謎の意気込みをみせるシュヴァルツ様に、私は苦笑する。

「どうぞ、お気になさらず。私が勝手にやったことですから」

「いいや、気にする。お前の誕生日はいつだ？」

「今年はもう終わりましたよ……」

そう言ってから、私がふと、

「……あ」

思い出して呟いた声を、シュヴァルツ様は聞き逃さなかった。

「今の『あ』は何だ？」

「いえ、大したことでは……」

「言ってみろ」

傷のある顔で迫られると、誤魔化せなくなってしまう。

「えっと、あの日が誕生日だったなって」

「いつだ？」

……あれは……。

「シュヴァルツ様に初めてお会いした日です」

……。

彼は二秒ほど硬直して——

「どうして言わなかったんだ!?」

——大噴火した。

ひいぃぃっ！　突然の怒号に、ビクッと首を竦める。

「だ、だって……、普通しませんよね？　会ったその日に、雇用主に使用人の誕生日の話なんて……」

私は必死に弁明するが、雇用主は止まらない。

「そんな常識知るか！　問題は、俺はミシェルに祝われているのに、ミシェルは俺に祝われていないという事実だ！」

「そ……、それは知らなかったのですから、致し方ないかと……」

「知ったからには放ってはおけんだろう！　自分の誕生日だぞ？　一年に一度しかないんだぞ⁉　何故、事の重大さを理解しない⁉」

ちょ、言ってることが今朝と真逆じゃありませんか？　あまりの剣幕に呆然とする私を置いて、彼はキョロキョロと辺りを見回し、豪華に装飾されたプリンケーキに目を留めた。

そして、ぐっと唇を噛み締め、ケーキスタンドを私の方へと押し遣る。

「くっ。こ……これをお前へのプレゼントに……っ」

「……そんなこの世の終わりみたいな顔で一番お好きな物を他人に差し出さないでください」

無理矢理接収してるみたいで罪悪感が半端ないです。そして、そのプリン作ったの私ですからね。でも……祝ってくださるお気持ちはありがたいです。

「では、このプリンは二人分のバースデーケーキとして頂きましょう」

私の誕生日は一ヶ月前だけど、一緒にしていいよね。

「ミシェルがそれでいいなら」

使用人の妥協案に、主人は渋々頷く。シュヴァルツ様って、ご自分が損をするより、私が損する方を嫌がるのよね。不思議な人だ。

「ロウソクはどうしますか？」

「どうとは？」

「バースデーケーキには年齢(ねんれい)分のロウソクを立てるんですよ」

お誕生日会初心者にパーティーのしきたりを伝授すると、彼は上目遣(うわめづか)いに考えて、

「このケーキに俺とミシェルの年齢分のロウソクを立てたら、ちょっとした小火騒(ぼやさわ)ぎだぞ？」

……当然のように私の分を考慮(こうりょ)してくれるのは嬉(うれ)しいですが、物理的に四十五本は挿(さ)さらないかと。でも、大丈夫(だいじょうぶ)。合理的な解決策をご用意してあります。

「では、真ん中に一本だけ立てて、二人で吹(ふ)き消しましょうか」

「一本でいいのか？」

「年齢分の気持ちを込めれば問題ないかと」

何事も忖度(そんたく)が大事です。

「四十五本を想定して吹き消せばいいのか？」

「……ケーキまで吹き飛びそうですから、風量は加減してくださいね」

私はピックのついたロウソク立てをケーキに挿して、他(ほか)の燭台(しょくだい)の灯(あか)りを落とした。

「心の中でお願い事をしてから吹き消します」

「うむ」

仄かなオレンジの火に、真剣に眉を寄せたシュヴァルツ様の顔が揺らめく。

「それでは、いきますよ。せーの！」

タイミングを合わせて、同時に息を吹くと、室内は一瞬にして暗闇に包まれる。微かに白い煙がたゆたうのをしばらく眺めてから、私は手近な燭台の灯をともした。

……こんな風にケーキを囲んで誕生日をお祝いするのなんて、いつぶりだろう。

「切り分けますね」

感慨に耽りながらナイフを手にする私に、シュヴァルツ様が尋ねてくる。

「ミシェルはどんな願い事をしたのだ？」

私は「内緒です」と唇に人差し指を当てた。

「誰かに話すと、お願いは叶わなくなっちゃうんですよ」

「そうなのか」

誕生日の儀式は複雑なのだなと腕組みする将軍に、笑みが溢れる。

——来年も、一緒にお祝いできますように。

「……で、何が欲しいんだ？」

取り分けたプリンの大きな塊を口に運びながら尋ねるシュヴァルツ様に、私はキョトンと首を傾げる。

「何のことでしょう？」

察しの悪い私に、彼は焦れたように続ける。

「プレゼントだ、誕生日プレゼント！　俺だけもらってミシェルが何もなしでは不公平だろう」

……その話、まだ続いていたのですね。蠟燭の灯と共に吹き飛んだと思っていました。

「本当にお気になさらず。ほら、お誕生日ケーキも頂きましたし」

苦笑しながら返す。私の皿の上には八分の一にカットされたデコレーションプリンの一切れ。食後だし、これだけで十分お腹いっぱいです。しかし、シュヴァルツ様は納得のいかないご様子で、

「プリンは最初から分ける用だったはずだ。俺自身はお前を祝っていない。何かさせてくれ」

……お言葉とお気持ちだけで十分なのですが。

「あ、そうだ、先にミシンを頂いたじゃないですか。あれがプレゼントということで！」

私は名案！　とばかりに主張するが、

「ミシンは俺が欲しくて買った物だ。お前個人の所有物ではないだろう」

ぐぬぬっ。ミシンは私しか使っていませんが……確かに所有権はシュヴァルツ様にあります。サボテンももらったけど……別件のお礼だと主張されて終わりだよね。

「何かないのか？　個人的に欲しい物は？」

促されて、ほとほと困ってしまう。お給料たくさん貰ってるから、日用品は自分で揃えられているし。他に欲しい物は……。私はうーんと頭を捻って、

「はっ！」

　と思いついた。

「パイローラーが欲しいです！」

「……パイローラー？」

鸚鵡返しするシュヴァルツ様に、私は腕を肩幅ほどに広げて、

「これくらいの大きさで、金属のローラーが上下に二つ付いていて、レバーを回すとローラーが回転して、間を通った小麦粉生地が板状になって出てくる機械です」

「それがあるとどうなるんだ？」

「パイ生地作りが劇的に楽になります！」

　思わず力説する。

「パイやクロワッサンの生地って、バターを包んで折って伸ばしてを何回も繰り返すので、手間が掛かるのですよ」

　私は腕力がないので伸ばすだけでも一苦労だし、触りすぎると手の熱でバターが溶けちゃうし。

「でもパイローラーがあれば、レバーを回すだけで均一に伸ばしてくれるので、労力を減らしてパイ生地を量産できるのです！　キドニーパイもチェリーパイもクロワッサンも作り放題ですよ！」

　うちはとにかく食べる量が多いので、便利アイテムで作業の効率化を図りたい所存です。余った時間を他の家事に回せるしね。

「ローラーの位置を調整すれば、生パスタだって打てちゃうんです。いかがでしょう？　私の誕生日プレゼントに頂けませんか？」

　私の渾身のおねだりに、シュヴァルツ様は「むう」と唸って難しい顔で天井を仰いだ。

「ミシェル……。お前は根本的に間違っている」

「……へ？」

　びっくり眼の私に、彼は神妙な面持ちで、

「お前の欲しがっているそれは、個人のプレゼントではない。屋敷の備品だ！」

　な、なんですって――!?　シュヴァルツ様の言葉に、私は雷に打たれたような衝撃を受けた。

「調理器具なんて、ミシンと同列だろう。プレゼントとは呼べん」

「でも……私が今一番欲しい物なのですよ？」

「だからそれは買ってやる。備品は経費の内だからな。俺は設備投資に金を惜しまん。プレゼントには、もっと私利私欲に塗れた趣味の塊みたいな品を選べ」

　そう言われても……。

「あ！　では、型紙の本が欲しいです。新しい服を作……」

「それも経費だ」

……ガスターギュ家の経理、使用人の出費に寛容すぎじゃありませんか？

結局、今日中にはプレゼントは決まらず……後日改めてということになりました。

「失礼します。閣下、明日の会議の資料を……」

平日の昼下がり。俺が書類を抱えて執務室に入ると、ガスターギュ将軍は頬杖をついてぼんやりと窓の外を眺めていた。

「どうしたんですか？　閣下。物憂げにため息ついて」

「物憂げって何だ？」

　そんな感じのことっす。彼は伏し目がちにこちらを向いて、

「トーマスは女性のことに詳しいか？」

「詳しいってほどではないですが、そこそこは」

俺だって年頃の貴族令息だから、浮いた話の一つや二つはありますよ。今はたまたま彼女いないけどね。

「実は家の者が――」

お、妖精さんと進展があったのか⁉　前のめりになる俺に、将軍は訥々と続ける。

「――先日、誕生日だったのだが。贈るプレゼントを決めかねておるのだ」

……素晴らしく平和な悩みっすね。

「先日って、いつですか？」

「一ヶ月前だ」

「ってことは、ミシェルさんを雇う前？」

「勤務初日だ」

「それじゃあ、今更あげなくてもいいんじゃないですか？」

もう一ヶ月も経ってるんだし。出会った当日なら、誕生日を知らなくて当然だから。

「別の機会に違う名目で贈るとか。一ヶ月も過ぎたのなら、もう誕生日に拘らなくても」

俺の提案に、彼は「それもそうなのだが……」と歯切れ悪く、

「昨日、ミシェルに俺の誕生日を祝ってもらったのだ。だから、相手のたん……」

「ちょっと待って！」

重要情報入ってた！

「へ？　閣下、昨日お誕生日だったんですか？」

「ああ」

「何で言ってくれなかったんですか？」

「必要ないだろ」

いや、言えよ！　思いっきり上官の誕生日スルーしちまったじゃん！

「おめでとうございます。お祝いに今夜飲みに行きませんか？」

「無理だ」

はいはい、『家の者に夕飯はいらないと伝えていない』からですよねー。知ってました！

「では、ミシェルさんにお誕生日のお祝いをしてもらったから、彼女にもプレゼントを贈りたいと？」

「うむ」

神妙な面持ちで頷く将軍。やっと要点が見えてきたぞ。

「それなら、本人に欲しい物を訊くのが一番じゃないですか？」

俺のもっともな意見に、彼は腕組みしてため息をつく。

「それが、家の備品ばかりを欲しがって、私的な物品を頼んでこないのだ」

謙虚な子なのかな？

「因みに、ガスターギュ閣下はミシェルさんから何をもらったんですか？」

「手作りの室内履き用サンダル」

靴まで作るのか。ますます親切な妖精さんだ。

「相手の意向を待っていても徒に時間を浪費するだけだから、問答無用でこちらから贈ってしまおうと考えたのだが。如何せん、俺には女性の喜ぶ品が判らなくてな」

お礼の花にサボテン選ぶ人ですからね。いや、サボテンに一切の非はないけど。うーん。女性に贈って喜ばれる定番の物といえば……。

「アクセサリーはいかがでしょう？」

「宝飾品か？」

「ええ。石のついたアクセサリーとか、嫌いな人はいませんよ」

俺の歴代の彼女も宝石大好きだったよ。換金しやすいからね！

「アクセサリーか……。しかし俺にはどれを選んでいいか判らんぞ？」

でしょうね。

「そういう時は、店員に訊けばいいんです。良い品を見繕ってくれますよ」

「なるほど」

将軍は得心がいったと頷く。

「城下通りに宝飾店があったな。帰りに寄ってみるとするか」

「それがいいです」

あの店は、ハイクラスからお手頃な品まで取り揃えてあるもんな。店員が無難な商品を勧めてくれるに違いない。問題が片付いてほっと気を緩めたのも……束の間。

「店員に、『この店で一番良い品をくれ』って言えばいいのだな？」

「やめてください！」

俺は思わず真っ青になって叫んだ。あの店には、国宝級のティアラが展示してあるんだぞ⁉ 城が建つ値段だって！

……やばい。この人、ランチのついでに豪邸買っちゃう人だから、経済観念に不安しかない……。

「すみません、やっぱりアクセサリーは却下です。他の物にしましょう」

俺の迂闊な発言で将軍を破産させたら一大事だ。

「ふむ、プレゼント選びとは難しいものだな」

振り出しに戻った状況に、将軍はまた頬杖をついて苦悩の呟きを漏らした。

「これなら、シュタイル砦攻略の方が簡単だった」

……使用人への誕生日プレゼント選びは、戦史に残る伝説の作戦級かよっ。

「では、戦略を変えましょう」

一息ついて、俺は仕切り直しする。

「『女性』の好むプレゼントを考えるからややこしくなるのです。『ミシェルさん』の好きな物を考えれば、自ずと答えは出るはずです」

「うむ。道理だな」

同意を得て、俺は質問する。

「では、ミシェルさんの好きな色は？」

好みの色やデザインが解れば、プレゼントの傾向が絞り込めるぞ。ガスターギュ将軍は黒目を左上に上げて記憶を辿り、

「この前、緑色の服を作っていた」

お、有力情報。自分の服は自分の好きな色で作るよな。ってことは、使用人ミシェルは緑が好き、っと。俺は心の中にメモりながら、ふと、嫌な予感が脳裏を掠めた。……まさかとは思うが……。

「閣下、あれ、何色に見えますか？」

確認を込めて、俺は窓の外の青々と生い茂った欅の葉を指差す。

「緑」

上官は事も無げに答える。

「これは？」

今度は暗い深緑色のレザーのブックカバーを見せる。

「緑」

「これは？」

明るい黄緑のハンカチ。

「緑」

……。

「だ、ダメだぁぁぁっ」

俺は絶望に頭を抱えて膝をつく。この人、感性と語彙力が大雑把すぎる。これでは、ミシェル嬢がどの系統の緑が好きか判断できないじゃないか。

「どうした？　トーマス。頭痛か？」

打ちひしがれる俺に、気遣わしげに声を掛けてくるガスターギュ将軍。あんたのせいだよ。

「……判りました」

俺は諦観しながらすっくと立ち上がる。

「形あるものに拘るのは終わりにしましょう。プレゼントは贈る者の想いです。物質である必要はない」

「というと？」

「ずばり、時間です」

俺はビシッと人差し指を立てた。

「時間には金品と同様の価値があります。ミシェルさんに時間をプレゼントするのはいかがでしょう。例えば、休暇をあげるとか」

俺の提案に、彼は首を捻る。

「休暇？　週に一度は休息日を設けているぞ」

「それは定休日ですよね。俺が言ってるのは纏まった日数の休暇のことです。ミシェルさんは若いのに親元を離れて住み込みで仕事をしているんでしょう？　たまには実家に帰りたいのでは？」

「……そうか、ミシェルには家族がいるのか」

目から鱗という感じで将軍が呟く。天涯孤独の彼は、離れて暮らす家族の存在にまで思い至らなかったらしい。

「因みに、ミシェルさんのご実家はどこですか？」

「王都らしいが、詳しくは聞いていない」

「同じ都市内なら、帰省が楽でいいですね。あの屋敷を使用人一人で維持するのは大変ですから、ちゃんと休ませてあげないと」

「……そうなのか？」

怪訝そうに聞き返す将軍に、俺は当然ですと頷く。

「ガスターギュ閣下のお家の規模なら、普通は五～十人の使用人が必要ですよ。一人であれだけ家屋を手入れできるなんて大したものですよ」

庭は荒れてたけどね。

「……そういえば、ミシェルを雇った時、他の使用人がいないことに驚いていたな。その後、不満を言われたことがなかったから気づかなかったが、それほど負担を掛けていたのか……」

愕然と肩を落とすガスターギュ閣下。彼は一般人として日常生活を送ってきた経験がないから、我々が『常識』だと思っている知識が抜け落ちている。貴族の暮らし方となると尚の事だ。

でも、基本的に理解力も行動力もあるから、納得のいく意見や要望はすぐに聞き入れてくれるんだよね。ただ、婉曲な表現や心の機微を読み取るのは絶望的に下手だけど。そこらへんの舵を上手く取るのが、将軍補佐官の腕の見せ所だ。

「ありがとう、トーマス。参考になった」

「いいえ。またいつでもお聞きください」

目を見て謝意を伝える上官に、俺は鼻高々だ。

……しかし……。この助言がガスターギュ邸に波乱を巻き起こすなんて、今の俺には知るよしもなかった。

夕食の時間は、一日の中で一番好き。
終わったら片付けて寝るだけだから、後のスケジュールを気にせず、ゆったりのんびり食べられる。間近でシュヴァルツ様と会話できるのもいい。変わらない毎日の、至福の一時。永遠に続くとさえ錯覚していた穏やかな日々。
でも……失って、初めて気づく。
現実は、そんなに甘くないって。

「今日はいい鯛があったので、アクアパッツァにしてみました！」

「おお、美味そうだな」

大皿に盛られた鯛丸ごと一尾の煮込み料理に、シュヴァルツ様がゴクリと喉を鳴らす。

ワインは辛口の白をご用意してありますよ。骨が入らないよう大きな切り身を取り皿に分けて、揃って食べ始める。一緒に煮たトマトやパプリカに魚の旨味が滲みて抜群に美味しい。

「王都で初めて赤い魚を見た時は驚いた。前線基地周辺には海がなく、川魚は地味な色ばかりだったからな」

王都は海が近く交通の便がいいので、色々な魚が市場に並びますからね。地元を離れたことのない私には、遠い土地から来たシュヴァルツ様の話は興味深いです。

「前線では、どんなお魚が獲れたんですか？」

「フナやナマズ、ドジョウなんかだな。どれもぬるぬるしていて捕まえるのに苦労した」

「シュヴァルツ様は釣りをなさるんですか？」

「釣りというより、沼地に飛び込んで手掴みするんだ。夏場は涼しいぞ」

「えぇ!?」

私は泥んこで巨大ドジョウと格闘する将軍を思い浮かべる。なんか、昔話に出てきそうな対決だ。勝手に牧歌的な画を想像して和む私に、

「ミシェル、……話がある」

シュヴァルツ様は神妙な顔で切り出した。

「なんでしょう？」

ただならぬ雰囲気に、私も居住まいを正す。

「ここに来てから一ヶ月、ミシェルはよく俺の世話をしてくれた。感謝している」

改めて言われると、じんっときちゃうな。

た。

「それほどでも……」

こそばゆくて身動ぎする私に、シュヴァルツ様は続けて……思いも寄らない言葉を発した。

「だからお前に、休暇をやろうと思う」

……え？

「ずっと働き詰めだったからな。実家に帰ってしばらく羽を伸ばすといい」

「……実家、ですか？」

呆然と聞き返す私に、彼は鷹揚に頷く。

「そうだ。好きなだけ戻るといい。それから、使用人を増やそうと思う。これまで一人で大変だっただろう……」

──視界が昏く揺らいだ。水に沈んだみたいに音が耳の奥でくぐもってよく聞き取れない。シュヴァルツ様は何を言っているの？

……休暇……実家……使用人を増やす……。

断片的な単語が頭をぐるぐる駆け巡る。

「家のことは心配するな。お前がいなくても……」

「……いや」

息が苦しい。頭が真っ白になる。

怪訝そうに顔を覗き込んで来た彼に、

「そんなの、いや！」

私は我を忘れて叫んでいた。

カツンと足元で金属音がした。それが自分の手からフォークが滑り落ちた音だとさえ気づかない。手足が冷たくなって痺れてくる。私は必死で藻掻くように言葉を吐き出す。

「わ……私、お役に立てませんでしたか？　何かお気に障ることをしましたか？」

「何のことだ？」

困惑げなシュヴァルツ様の瞳に、卑屈に歪んだ私の顔が映っている。

「私……、解雇なんですよね？」

「は？」

だって、暇を出すから実家に帰れって。新しい使用人を雇うって！

「私のどこがダメでしたか？　私の何が足りませんか？　どうすれば良かったんですか⁉」

……いつもいつも考えていた。何故、頑張っても認めてもらえないんだろうって。継母や義姉、それに……実の父でさえも。

やっと私を必要としてくれる人と出逢えたと思ったのに。

やっと自分の居場所を見つけたと思ったのに。

「……ミシェル？」

「じ……実家に帰れなんて言わないでくださ……っ、あの家には……」

……もう戻りたくない。とめどなく涙が溢れ、しゃくり上げる。

「お願いです。クビにしないでください。悪いところは直します。言いつけには従います。ですから、どうか……」

懇願する私に、彼は眉根を寄せて手を伸ばす。

「どうしたんだ？　ミシェル。何か誤解が……」

大きな掌が、私の肩に触れかけた……瞬間。

「ひっ！」

摑み掛かられたあの日の恐怖が蘇り、私は椅子から転げ落ちた。

「ミシェル⁉」

慌てて駆け寄ってくる彼に、私は顔も上げられない。

どうしよう、シュヴァルツ様を不快にさせてしまった。きっと私に失望した。怒られる。また、捨てられる。

「ごめんなさい。ごめんなさい。許してください。私、もっと頑張りますから。お役に立てるよう努力しますから。だからここに居させてください。お願いします。お願いします。お願い……」

身体も声も震えている。どうしよう。絶対に嫌われた。こんなはずじゃなかったのに。

こんなつもりじゃなかったのに。

私が悪い。全部私のせい。だから私は疎まれる。結局私は、どこへ行ってもダメなままだ。息が苦しい。吸っても吸っても息ができない。手足が痺れて力が入らない。

「ミシェル、息を吐け」

蹲って泣きじゃくる私の傍に、彼が膝をつく。

「ゆっくり吐いて、吐いて、それから吸うんだ。大丈夫、焦るな」

どっしりと重厚な声が耳元で響く。彼に合わせて呼吸をすると、ちょっとずつ苦しさが溶けていく。嗚咽に隆起する背中の動きが小さくなるのを待って、シュヴァルツ様は私の顔を覗き込んだ。

「……落ち着いたか?」

冷静に尋ねられて、ビクッと肩が跳ねる。

「はい……」

目を逸らして恐る恐る答えると、彼は小さく息をついた。

「何か誤解があるようだが、俺はミシェルを解雇する気はないぞ」

……え?

どういうこと? 状況が呑み込めない。驚きに顔を上げると、シュヴァルツ様は困ったように目を細めた。

「言い方が悪かったのなら謝る」

「い、いえ……それは……」

それから彼は、躊躇いがちに私の手を取った。

「動けるか？」

「はい……」

「では、自室で休め。横になった方がいい」

体を支えて立ち上がらせてくれる彼に、私は狼狽える。

「あの、シュヴァルツ様、私……」

「明日ちゃんと話し合おう。今夜はもう寝ろ」

「でも、食器の片付けが……」

「寝るんだ」

「……はい」

私の細やかな抵抗は有無を言わさぬ迫力のある声に押し潰され、そのまま自室に強制連行される。

「しっかり休めよ」

部屋に入れられ閉まるドアを振り返ると、疲れたように俯くシュヴァルツ様が見えた。

……私はなんてことをしてしまったのだろう。蔦が絡みついたように体が重い。私は暗鬱な気持ちを引きずったまま、ベッドに倒れ込んだ。

目を開けたまま、明るくなった窓の外から流れ込む雲雀の囀りを聴く。

……結局一睡もできなかった……。

メイド服のままベッドに寝転んでいた私は、気だるい体を無理矢理起こした。昨日の醜態を思い出すと、衝動的に窓から飛び出したくなる。

『実家に帰れ』

その一言であんなに取り乱すなんて思ってもみなかった。ガスターギュ邸は居心地が良すぎて、毎日が楽しすぎて。いつしかこの家にずっと居られるのだと錯覚していた。

それに……新しい使用人のことだ。

常々、この屋敷の規模に使用人一人では足りないと感じていた。食事だけは十分に提供できるようにしているけど。掃除は区画に分けて数日掛けて行っているし、庭の手入れも進んでいない。金貨だって、書斎に積まれたままだ。

でも、いざ実際に増員と言われると、全身の血が凍った。今まで積み上げてきたものが……、私の居場所が、見ず知らずの他人に奪われると思ったら、怖くて仕方がなくなってしまったのだ。

この家はシュヴァルツ様の物で、彼は私の雇用主。一介の使用人の私には、人事に口を出す権限なんてないのに。

今の暮らしが楽しいから、実家に帰りたくない。他に頼る当てを作って欲しくないから、使用人は私一人でいい。だから……自分の居場所を失う恐怖に堪えきれず、パニックを起こして泣き叫んだ。

……結局私は、自分の利害しか考えられない人間なんだ。なんて浅ましい。こんな醜悪な私なんて、嫌われて当然だ。

……シュヴァルツ様は、私を解雇する気はないと言っていたけど……。

きっと、お優しいから私に気を遣っているだけで、本当は愛想を尽かしているに違いない。どこに行っても私は、いらない子のままだね。

「もう、誰も知らない場所に行きたい」

投げやりな言葉が口をついて出る。……シュヴァルツ様は今日、話し合おうって言ってたよね。でも、

「話し合うって、なんだろう？」

私が勝手に大騒ぎしただけなのに、シュヴァルツ様にも話したいことがあるのかな？

……怖くて何も聞きたくないけど。

とにかく、朝ご飯の支度をしなくては。私は新しいメイド服に着替えて、部屋を出た。

「あ……」

厨房に行くと、部屋着姿のシュヴァルツ様がいた。寝起きの悪い彼が、こんな早い時間から活動しているなんて珍しい。私に気づいた彼は、少しだけ表情を緩めた。

「おはよう、よくねむ……れていないようだな」

質問の言葉が途中で回答に変わる。……バレましたか。

「おはようございます」

挨拶しながらシンクを見ると、水切りカゴには昨日の食器が。ご主人様に洗い物をさせてしまいました……。

「昨日はご迷惑をお掛けして申し訳ありませんでした。今すぐ朝食のご用意を……」

「いや、いい」

深々と頭を下げる私を、彼が遮る。

「今日は早朝会議ですぐ家を出るから、朝飯はいらん」

そういう予定は前日の夕食時に教えてもらうのですが、聞きそびれちゃいましたね。

シュヴァルツ様は少し屈んで、私と目線を合わせる。

「体調はどうだ？　調子が良くないなら、俺も休んで家に居てもいいぞ」

「大丈夫です」

私は微笑んで見せる。体はどこも悪くないし、会議をサボらせるわけにはいきませんから。彼は何か言いたげに口を開いたが、一旦閉じて別のことを喋り出す。

「お前の朝昼の飯は、俺の朝食用の食材を使い回せるな。晩飯は俺が買ってくる。ミシェルは今日は一日家事をせずに休んでいろ」

シュヴァルツ様は食事のことばかり気にするけど、『人間、飯が食えるうちは死なない』というのが彼の持論だそうです。

多分、すごく私を心配してくれているのですね。申し訳ありません。でも……家事をしないと使用人の存在価値がなくなっちゃうな。

「あの、私、本当に何とも……」

「命令」

「……はい」

うちのご主人様は、たまに暴君です。項垂れる私の頭に、シュヴァルツ様はふわっと掌を載せた。

「帰ったら昨夜のことをちゃんと聞くから……黙って出ていくなよ？」

え？　と見上げると、彼は微かに苦笑して、

「逃亡寸前の新兵の顔をしている」

……それもバレてましたか。でも……何を聞くと言うのだろう？

昨夜は話の途中で頭が真っ白になっちゃったから、シュヴァルツ様の言葉もロクに覚えていない。……また取り乱したらどうしよう。今度こそ嫌われてしまう。

「では、いってくる」

「はい、いってらっしゃいませ」

――これが最後のお見送りになるかもしれない。

シュヴァルツ様を送り出した私は、処刑台に向かう気分で自室に続く階段を上っていった。

……玄関から聞こえてきた物音で、私は目を覚ます。シュヴァルツ様が帰ってきたんだ。

朝、彼をお見送りした後、エプロンだけ外したメイド服姿で泥のように眠りこけてしまった。昨夜は一睡もできなかったのに、お昼寝はたっぷりだなんて、いいご身分だ。自分の図太さに呆れてしまう。空はまだ明るいから、早く帰ってきてくれたみたいだ。

「おかえりなさいませ」

階段上から声を掛けると、両手いっぱいに荷物を抱えたシュヴァルツ様が見上げてくる。桃やオレンジの入った袋や、料理屋のお惣菜の包みが数種類。取っ手のついた箱は多分スイーツだ。夕飯は買ってくると言っていたけど、これは……。

「随分たくさんですね」

「何が食べられるか分からないから、色々見繕ってきた」

目を見張る私に、彼は事も無げに返す。

……食べないって選択肢はないんですね、食欲がないのですが。私が朝昼抜いたって知ったら、怒りますか？

「夕飯には早い時間だが、食うか？」

「いいえ、まだお腹が空いてなくて……」

差し出されたオレンジを、私は両手を広げて辞退する。胸の奥がどんより重くて、何も喉を通らなそうだ。

「では、少し話そうか」

先を歩くシュヴァルツ様を追いかけて、私は居間に入る。暖炉の側の長椅子が彼のお気に入りの定位置だ。私は対面のソファに腰を下ろす。この並びは初めて会った日の面接と同じで、なんとなく……そわそわする。

シュヴァルツ様はローテーブルにサイフォン式のコーヒーメーカーを持ってきて、アルコールランプに火を灯す。

「私がやりますよ」

「俺にも出来るさ。ミシェルが淹れるのを何度も見ていたから」

恐縮する私を一笑に付し、フラスコの水を温める。

「昨夜の件だが」

ロートにコーヒーの粉を入れながら切り出されて、私は身を硬くする。

「どう解釈したのか知らんが、俺はミシェルを解雇する気は欠片もないぞ」

フラスコからロートに上がってきたお湯に、コーヒーの粉をかき混ぜる。

「ただ、お前はこの家に来てから一度も里帰りをしていないから、纏まった休みをやろうと思っただけだ。王都では一般的に『誕生日休暇』なるものがあると補佐官に聞いたものでな」

「そうだったんですか……」

私は安堵に胸を撫で下ろす。じゃあ、解雇っていうのは完全な私の勘違いだったのか。暇を出されて実家に帰れなんて言うから、てっきり……。

「すみません。よく確認もせず勝手に取り乱してしまって」

ヘラヘラと笑って後頭部を掻く。……良かった。まだここに居ていいんだ。

「お心遣いありがとうございます。でも、休暇は頂かなくて大丈夫ですよ。週に一度はお休みをもらっていますし、わざわざ帰省するほど実家は遠くありませんから」

私はシュヴァルツ様に努めて明るい笑顔を向ける。後は昨日の大暴れを有耶無耶にして、早く日常を取り戻さなきゃ。もう、あんな嫌な記憶は忘れてしまおう。そう思っていたのに……。

「で、ミシェルの方はどうなんだ？」

フラスコに落ちきったコーヒーをカップに移し、彼が私の前に置く。

「どうしてそんなに実家を恐れる？」

キュッと喉の奥が締まって苦しくなる。

……やめて。それ以上踏み込まないで。声無き懇願を越えて、すべてを見透かすような黒い瞳が私を捉える。

「俺は話し合うと言っただろう？　聞かせてくれ、ミシェルのことを」

シュヴァルツ様の瞳に映る、怯える自分の顔を見つめながら、私は……。

「……大したことじゃありませんよ」

震えそうな声を必死で抑えて、平静を装う。

「私、あまり家族とうまくいってなくって」

視線を外す為にコーヒーに砂糖を落とす。

「ちょっと……家を追い出される形でこちらの使用人になったので、実家には帰りづらくて……」

――そう、口に出せば何てことはない。私はただ、『家族と仲が良くない娘』なだけだ。

「実家を追い出されたのか？」

太い眉を寄せて聞き返されて、笑って弁明する。

「元々、家を出る予定だったんですよ。だから、逆にシュヴァルツ様の下で働けることになって運が良かったです」

……それは本心だ。私は彼に向き直って、膝におでこがつくくらい頭を下げた。

「今回のこと、本当に申し訳ありませんでした。おかしいですよね、ちょっと不仲な実家に帰れって言われたくらいで大袈裟に騒いで。シュヴァルツ様は前線でもっとずっと大変な経験をされてきたのに」

「……くだらん」

吐き捨てるシュヴァルツ様に、私の唇から自虐的な笑みが零れる。私の悩みなんて、彼からすれば取るに足らないもの。そう思ったのに……。

顔を上げた私の目に飛び込んだのは、シュヴァルツ様の真剣な眼差し。

「自分の痛みを他人の痛みと比べるなんて無意味だ。俺が痛い思いをしたからといって、お前の痛みが減るわけではないだろう？」

言葉の出ない私に、彼は噛んで含めるように続ける。

「『家族のこと』はミシェルにとって、『息ができなくなるくらい苦しいこと』なのだろう？　大したことでないわけがない。お前の痛みはお前の物だ。我慢は時に美徳だが、我慢しすぎれば誰にも気づいてもらえない。痛い時はしっかり痛がるべきだ」

「シュヴァルツ様……」

見つめる私に、彼は柔らかく目尻を下げた。

「俺は鈍いんだ。だから、痛い時は痛いと言ってくれ。ミシェルの心に添えるよう」

「……っ」

包み込むような温かい声に、堪えていた想いが溢れ出す。

「わた……し、家族に疎まれてて、家に居場所がなくて。ずっと気が利かない、役立たずって言われてきて」

止めようとしても、涙が止まらない。

「好かれようと頑張ったけど、上手く行かなくて。結局借金のかたに売られて……」

「……借金？」

彼が訝しげに眉間に皺を刻むけど、私は止まらない。

「でも、シュヴァルツ様に出会ってこのお屋敷に来てから、何をしても認めてもらえて、小さなことでも感謝されて。やっと私が居ていい場所が見つかったって嬉しかったのに、実家に戻されると思ったら怖くなって……」

しゃくり上げながら、支離滅裂な言葉を零す。

「それに、新しい使用人を雇うって言うから、もう私はいらないのかと……」

「それは違う！」

シュヴァルツ様が焦ったように口を挟む。

「使用人の増員は、ミシェルの負担を減らそうと考えたことだ。俺はこの規模の家にどれだけの従業員が必要か判らなかったから。お前が望まないのなら、今のままでいい」

「そ、そうだったんですか……」

……昨夜の話は、本当に全部私のことを慮っての提案だったのね。安堵に息をついてから……自分の底にあるドロドロと黒いモノに吐き気が込み上げる。

「私、酷い勘違いをしてたんですね」

頭が痛い。後悔ばかりが押し寄せる。

「……私、実家に帰りたくないから、解雇になるのが怖くて。自分が必要とされなくなるのが嫌で、他の使用人の影に怯えて。シュヴァルツ様に雇われている身なのに、お屋敷のことより自分の利益ばっかり求めていて……最低ですね」

こんな身勝手な人間、嫌われて当然だ。きっとシュヴァルツ様も失望したに違いない。

項垂れる私の肩に、不意に大きな手が置かれた。気がつくと、隣にシュヴァルツ様が座っていた。

「ミシェル、自分を優先させることは、悪いことではないぞ」

彼は諭すように言う。

「俺はたった数里の土地を命懸けで奪い合うような世界にいたから、自分の居場所を守りたい気持ちも、奪われる危機感もよく解る。その防衛反応は正常だ。自分を一番に思う心は本能だから、恥じることはない。お前は自分の素直な心に怯えるほど、これまで否定され続けてきたのだな。……ずっと胸に留めているのは辛かっただろう」

「……いいの？　正直に……我儘なことを言っても、怒りませんか？　……嫌いになりませんか？

信じられない気持ちで見つめる私に、彼はふと、

「借金がどうとか言っていたな。いくらだ？　俺が実家と話をつけよう」

「ダメです！」

私は咄嗟に金切り声を上げた。

「それはもう済んだことです。シュヴァルツ様には関係ありません！」

絶対に、シュヴァルツ様を実家に関わらせたくない。首を横に振って拒絶する私に、彼は複雑な表情ながら解ったと同意する。

「では、ミシェルはどうしたい？　言ってくれ、お前の口から」

促されて、ごくんと唾を飲み込む。私の心からの願いは……。

「ここに居たいです。今まで通り、このお屋敷で、シュヴァルツ様と居たいです」

私の言葉に、彼はゆっくり瞬きをして、

「ああ。俺もそうして欲しい」

力強く宣言してくれた。

その途端、強い風に心の靄が吹き飛ぶのを感じた。ずっと浅く苦しかった息を、胸いっぱい吸い込む。

ああ、私はこの言葉が欲しかったんだ……！　耳に残る声に、心が満たされていく。

──自分の意見を述べて、相手の意見を聞いて、お互いの意思を近づけていく。それが『話し合い』だ。

結局、現状は何も変わらない。ただ私が勝手に誤解して爆発して迷走して……元の場所に戻っただけ。傍から見れば無駄に一日費やしただけだけど。私からすれば、天地がひっくり返ったような大事件だ。

……それこそ、誰に大袈裟だと笑われようと、私が痛いと感じたのだから仕方がない。

どんなに家族に訴えても無視され続けた私の痛みに、シュヴァルツ様は向き合ってくれた。ほっとしたらまた涙腺が緩んでしまう。

「すみません、私……」

「大丈夫、お前は悪くない」

俯く私の頭をポンポンと撫でて、それから彼は片手を広げて、

「……この前は俺が貸してもらったから」

私の肩を抱き寄せた。

わわっ！　ぶ厚い胸板に、顔が埋まる。服越しに重なった肌から、彼の心音が聞こえて

くる。ドキドキするけど……すごく安心する。

「ありがとうございます、シュヴァルツ様」

力を抜いて、体を預ける。

――私は私を必要としてくれる人のいるこの場所に……シュヴァルツ様のお傍にずっといたい。

彼は私の涙が止まるまで、優しく背中を撫でていてくれました。


泣き止むタイミングって難しい。

シュヴァルツ様の太い腕の中で嗚咽を漏らしていた私は、少しずつ、心が整っていくのに気がついた。途端に羞恥心が溢れ出す。

……ど、どうやって顔を上げよう？　もういいですって言えばいいのかな。でも、泣き腫らした顔を見られるのも恥ずかしいし。でも、もう少しこのままで居たいし……。

頭の中で纏まらない思考がぐるぐるしていると――

ぐうぅぅ～～～。

――理性より先に、生理的欲求が動きました。

もう、いつも空気読まないよ、私のお腹はっ！　真っ赤になって腹部を押さえる私を、シュヴァルツ様が僅かに体を離して覗き込む。

「腹、減ったのか？」

「……実は、昨日の夜から食べてなくて……」

夕ご飯中にあんなことになったので、ちょっとしか食べられませんでしたし。

怒られるかな？　と思って上目遣いに恐る恐る確認すると、シュヴァルツ様はさっぱりとした表情で白い歯を見せた。

「腹が減ったなら重畳だ。物を食えば、大抵のことはうまくいく」

食いしん坊さんの意見は不思議な説得力があります。

「では、飯にするか」

「はい。ご用意しますね！」

といっても、買ってきてもらったお惣菜をお皿に出すだけですが。

「あ、でもその前に……」

私はソファに座り直して、コーヒーカップに口をつける。せっかくシュヴァルツ様に淹れて頂いたのだから、味わわないと。突如寛ぎ始めた私に倣って、シュヴァルツ様もカップを傾ける。ちょっと冷めてしまったけど、落ち着く苦味にまったりしていると、

「……ん？」

シュヴァルツ様が渋い顔で首を傾げた。

「いつもより豆の風味が薄くてエグみがあるぞ」

「そうですか？」

あんまり変わらないと思いますが……。多分、攪拌と火力と抽出時間の問題かと。ずっと強火のままでしたし。

「とっても美味しいですよ」

フォローする私に、将軍は憮然と唇を尖らせ、

「俺はミシェルの淹れた味の方が好きだ」

「……っ！」

よ、喜ばせやかっ!!

悲鳴を上げて狂喜乱舞しそうになる衝動を、必死で抑えつける。

「とりあえず、飯にしよう。俺も腹ペコだ」

「は、はい！」

カップをお盆に下げながら、私の顔はニヤケっぱなしだ。さっき泣いていたのが嘘のように心が軽くなる。

……食後のコーヒーは、私がお淹れしますね。

## 【七】そして日常へ

「では、いってくる」

「いってらっしゃいませ」

後ろ姿が見えなくなるまで見送ってから、ドアを閉める。

よし、がんばるぞ！　玄関ポーチで独り気合を入れる。昨日お休みした分、今日からまたしっかり働かないとね。

……あの後、シュヴァルツ様と二人でご飯を食べて、私は早めに部屋に戻った。食事中は他愛もないお喋りしかしなかったけど、彼は真摯に私の声に耳を傾け、相槌を打ってくれた。まだ、私自身心の整理がつかなくて実家の話は出来ないけど……いつか、聞いて欲しい。

それに……人が近づくと飛び起きてしまうほど張り詰めている彼の心の重荷も、いつか私に分けてもらいたい。……なんて思うのは、一介の使用人には贅沢な望みかな？

とにかく、今の私はすべきことをするだけだ。私はリネン類を掻き集めて、外の洗濯場へと向かった。

部屋の掃除と買い出しを済ませると、もう夕方近く。慌てて洗濯物を取り込んで、夕食の準備に取り掛かる。今日はちょっぴり趣向を変えてみよう。

まずパン生地を作り、発酵させている間に具材を用意する。スパイスを利かせてひき肉と玉ねぎを炒めた物や、コーンとひよこ豆のトマト煮。ハムやチーズに、キノコのマリネに、忘れちゃいけないゆで卵。フルーツも砂糖で煮てみた。それらを伸ばしたパン生地に包んで、溶き卵を塗ってオーブンへ。サラダとスープも準備万端だ。

ダイニングテーブルのセッティングをしていると、玄関から音がした。

「おかえりなさいませ！」

「ただいま」

迎えに出た私に、シュヴァルツ様は少しほっとした様子で眉を下げた。昨日の今日だから心配したのかな？　私は元気ですよ。そんな気持ちを込めて、笑顔で上着と荷物を預かる。あ、襟が少しほつれているから、後で縫っておこう。変わりのないようにみえる日々にも、小さな変化はある。

「すぐ夕食のご用意が出来ますから、ダイニングでお待ち下さい」

「ああ」

着替えに一旦自室に向かうシュヴァルツ様に一礼して、私は調理の仕上げに取り掛かる。

ダイニングに下りてきた彼は、長テーブルに置かれた大きなバスケットから溢れそうに盛られたパンの山にギョッと目を見開いた。

「えらい量だな」

「今日は具入りパンです」

シュヴァルツ様は席に着くと、パンを一つ取って割ってみた。

「お、肉が入っている」

「こっちはキノコとゆで卵です」

「具が違うのか」

私がパンの断面から覗くキノコマリネとスライスしたゆで卵を見せると、シュヴァルツ様は一瞬悔しそうに頬を引き攣らせた。……大丈夫、卵入りはたくさん作ってありますよ。

彼は両手で交互にパンを掴んで、休むことなく口に放り込んでいく。

「食べるまで中身が判らないのは面白い。まるでびっくり箱だな」

そう言ってから、不意に頬を緩めた。

「どうされたのですか？」

「……俺にとっては、ミシェルがびっくり箱そのものだと思ってな」

首を傾げる私に、将軍は穏やかな目を向ける。

「ミシェルにはいつも驚かされる。しかも、それはすべて嬉しい驚きだ。俺は呼ばれたから王都に来ただけで、たまたま買ったこの家にも何のこだわりも愛着もなかった。しかし……」

夜空色の瞳に私が映っている。

「今は家に帰るのが楽しい。それはミシェルのお陰だ」

「シュヴァルツ様……」

真剣な眼差しに、胸に熱いものが込み上げる。……ダメ、昨日の今日でまた泣いちゃ。

「これからも、シュヴァルツ様を驚かせられるようがんばりますね」

涙の代わりに、おどけて笑って見せる。私がびっくり箱なら、シュヴァルツ様はプレゼントボックスだ。真っ暗だった私の人生を明るく照らす贈り物。

この出会いは偶然だ。だからこそ……奇跡のような毎日を大切にしなきゃと思う。

救国の英雄、シュヴァルツ・ガスターギュ将軍。その武勇はフォルメーア王国だけでなく近隣諸国にも轟いているという。王都で暮らす私の耳にも、彼の噂は届いていた。

そんなシュヴァルツ様と一緒に暮らし始めて一ヶ月ほど経つけど、実は私は彼の仕事をあまり知らない。解っているのは、勤め先が軍総司令部ということくらいだ。

あとは、たまに夕食の席で「物見櫓に上る競争をした」とか「郊外の堤防造りを見に行った」とか「補佐官が書類を持ってくる前に逃げた」とか、思い出したようにぽつりぽつりと話してくれるだけ。私も深く踏み込んでいいのか解らず立ち止まってしまう。……未だに距離感が掴めない。

言いたいことと言えないこと。聞きたいことと聞かれたくないこと。その境界線が目に見えたら、もっと人間関係が楽なのに……。

ある日のこと。仕事から帰ってきたシュヴァルツ様は両手に箱や袋の荷物を抱えていた。重くはなさそうだけど、とにかく嵩張っている。

「どうしたんですか？　そんなにたくさん」

「今日、王都東側の砦に視察に行ったら資料を渡された。明日、総司令部に持っていく。……トーマスの奴、用事があるからと先に帰りやがって」

苦々しく悪態をつく将軍。こういう荷物は基本、補佐官様が預かる物なのですね。

「ともかく飯だ。腹が減った」

「はい。すぐご用意致しますね」

荷物を持って階段を上るシュヴァルツ様を見送って、私はダイニングテーブルに皿を並べた。

それから一夜明けて。ご主人様が出勤してから、私はいつものように部屋の掃除を始めた。ハタキで棚の埃を落として、カーペットの敷いていない床は拭き掃除。

シュヴァルツ様のお部屋は、いつ入る時も少し緊張してしまう。誰も居ないのは解っているけど「失礼します」と声を掛けてドアノブを回す。シーツを替えてベッドメイキングして、床を掃く。ベッドの下に箒を入れると、カツンッと硬い手応えがあった。

「あれ？」

這いつくばって覗き込むと、小さな何かが落ちている。拾い上げると、それは両掌に載るくらいの橋の模型だった。木を細く均等に切って組み立てられた橋は、驚くほど精巧だ。

これって、昨日シュヴァルツ様が持ち帰った資料の一つかも。大荷物だったから、今朝持っていく時に零れ落ちちゃったのかな。……これがないと、シュヴァルツ様困るかしら？

悩んだ末に、私は橋の模型を慎重に柔らかい布に包んで、マチのある硬いショルダーバッグに入れた。王都の居住歴が長いから、軍総司令部の場所は判る。緊張に騒ぐ胸を深呼吸で宥め、私はシュヴァルツ様の職場へと向かった。

城下通りを真っ直ぐ進むと、高い壁に囲まれた荘厳な王城のとんがり屋根と……威圧感漂う堅牢な軍総司令部が見えてくる。この軍事施設は敷地内には建っていないものの、有事の際は隔てる壁ごと王城を守護する要塞と化すという。

私を縦に三人並べても越えられない高い鉄門扉の前まで来ると、何故か身震いしてしまう。とりあえず、門番に声を掛けて……と、私が槍を持って立つ兵士に近づこうとした、その時。

固く閉じた門扉の中央から細い光が差し込んだ。軋む音を響かせながらゆっくりと左右に門が開かれていく。そして、開ききった瞬間、敷地内から数台の幌馬車が勢いよく飛び出して行った。私は慌てて脇に避けて、轢かれる難を逃れる。

どこかに物資を届けに行くのかな？　最後の馬車が走り去った後、私は土煙の中、まだ開いている門から中を覗き込んでみた。

入ってすぐの場所には広い訓練場があり、兵士が各々に鍛錬に勤しんでいて、奥には廏舎や四角張った簡素な建物が何棟か並んでいる。あの建物のどれかにシュヴァルツ様の執務室があるんだよね。外から眺めたって当然解りっこない。気を取り直して私が門番の下に向かおうとした瞬間、視界の端に黒い髪が映った。

「え？」

驚いて振り向くと、訓練場の隅に見慣れた軍服の豪傑が立っているのが見えた。ちょっと遠いけど間違うはずがない、シュヴァルツ様だ。大声を出せば聞こえるかな？

私は息を吸い込み、口に手を添えて――

「シュ……」

——呼び掛ける格好のまま凍りつく。だって……彼の隣には、綺麗な銀髪をまとめ髪にした、背の高い姿勢の良い女性が並んでいたから。彫りの深い顔立ちは、遠目からでも美しく気品溢れている。将軍の物とは色とデザインが異なる軍服に身を包んだ彼女は、シュヴァルツ様とてもお似合いで……。私は白いエプロンをぎゅっと握りしめた。

どうしよう。帰ろっかな。お仕事の邪魔になっちゃうもんね。でも、忘れ物を届けなきゃ……。ぐるぐる逡巡している内に、門扉はまたゆっくりと閉じていく。立ち尽くす私の前を、二人の青年が談笑しながら通り過ぎた。そして、

「お？」

その中の一人が不可思議な声を上げて後ろ足に三歩こちらに戻ってきた。

「ああ、やっぱり！　ミシェルさん！」

「トーマス様！」

突然の知人の登場に私はびっくり眼だ。……いえ、彼はガスターギュ将軍の補佐官なので、ここに居て当然なのですが。

トーマス様は合図を出して、閉まる門を止めさせる。

「どうしてここに？　閣下に用事？　とにかく入ってよ」

気さくな彼に矢継ぎ早に質問されつつ、私は軍事施設の敷地内へと誘導される。……いいのかな？　入っちゃって。

「トーマス、こちらの女性は？　お前の家のメイドさん？」

私を見つめながらトーマス様に話し掛けてきたのは、彼と同年代の長髪の青年。その人はキザな仕草で前髪を掻き上げると、恭しくお辞儀をしながら私に右手を差し出した。

「可愛いお嬢さん、お花をどうぞ」

台詞と共にポンッとバラが出現する。え⁉　手品ですか？

「僕はジェームズ。トーマスに御用なら、僕が承って彼に伝えますよ」

「いえ、あの、私は……」

「無意味な手間を掛けさすなよ」

慇懃なお誘いに戸惑う私に、トーマス様が呆れたようにツッコむ。

「やめとけ、ジェームズ。ミシェルさんはガス……」

「お前ら、こんな所で何をしている？」

トーマス様が続けて言いかけた声を、大地を震わす重低音が遮る。振り返る彼らの背後には、腕組みして物理的な上から目線で部下達を睨めつけるシュヴァルツ様が立っていた。

途端に長髪の青年……ジェームズ様は真っ青になってギクシャクした動きで敬礼する。

「はい！　備品倉庫に向かう途中だったのですが、この女性が総司令部に用があるとのことで案内しようと……」

「うむ、ご苦労。彼女は俺の身内だ。あとはこちらで引き受けるから仕事に戻れ」

「りょ……了解であります！　か、閣下のお身内とは……？」

「ミシェルさんはガスターギュ家の使用人なんだよ」

上手く舌の回らなくなった同僚に、トーマス様が耳打ちする。

「そうでしたか！　失礼しました！　では、私はこれで！」

素早く袖にバラを収納し、猛ダッシュで視界から消えていくジェームズ様。……なんか、巻き込み被害ですみません。

シュヴァルツ様はふんっと鼻で息を吐き出してから、私に向き直った。

「で、ミシェルは何故ここにいるんだ？」

「あ、はい」

私は慌てて鞄を探って、木の橋の模型を取り出す。

「これがお部屋に落ちていたので……」

「部屋にあったのか。手間を取らせたな」

シュヴァルツ様は模型を摘まみ上げると、「あったぞ」とぞんざいにトーマス様に放った。

「ちょっ。これ、新構造の橋の縮尺模型でしょう!?　慎重に扱ってください！」

両手でキャッチしながら抗議する補佐官にも、将軍はどこ吹く風だ。

「トーマス、ちと出てくるぞ」

「はいはい。午後の会議までには帰ってきてくださいね」

トーマス様の返事を背中で聞いて、シュヴァルツ様は門へと歩き出す。どこに行くんだろ？　ぼーっと見守る私を、将軍が振り返る。

「行くぞ」

「はい？」

どこへですか？

「家に送る」

「はいぃ!?」

決定事項として伝えられ、私は両手で頬を挟んで絶叫する。

「そこまでして頂かなくても！　私、一人で帰れます！」

「たった今、お前の絡まれ記録が更新される様を目の当たりにしたんだぞ？　一人で帰せるか」

「絡まれてなどいませんよ！　トーマス様とジェームズ様には親切でお声を掛けてもらっただけで……」

私は必死で弁明するけど、

「では、俺の親切も遠慮なく受けろ」

……ふぎゅっ。

百戦錬磨の将軍には口でも歯が立ちません。私は涙を呑んで、彼の後をついていく。

「すみません、ご迷惑をお掛けして。お仕事中でしたのに……」

役立つつもりだったのに、別の厄介事を増やしてしまった。項垂れる私に、彼は飄々と返す。

「気にするな。俺は意外と偉いんだぞ。時間の融通くらい利かせられる」

……意外ではなく物凄く偉い方です。シュヴァルツ様の冗談にも、私の気は晴れない。

「でも……どなたかとお話ししてらっしゃいましたし」

先程の光景を思い出すと、胸が苦しくなる。ここはシュヴァルツ様の職場なのだから、私の知らない人間関係があって当たり前なのに。勝手に落ち込んでいる私の頭を、彼がぽんぽんと撫でる。

「さっき話していた彼女は、城に駐在する近衛騎士団の総長だ。連絡事項があって総司令部に立ち寄ったんだ」

「そそ総長!?」

あの綺麗な女性が近衛騎士団の一番偉い人ですか!? 凄い！

「御前試合では俺といい勝負だった。あと、最近第三王子と婚約した」

情報量多い！ 一気に詰め込まれて、私の脳は破裂寸前だけど……。

「……婚約してらっしゃるんですか」

なんだかほっと息をついてから、ふと気づく。あれ？　なんで私、ほっとしているんだろう？

「丁度昼時だな。飯食っていくか」

「はい！」

軽くなった足取りで、私はシュヴァルツ様の隣に並んで歩いた。

軍関係者がよく行くという肉料理のお店でご飯を食べてから、ガスターギュ邸(てい)に続く道を行く。途中、小川に架(か)かった橋の上で、私は足を止めた。さっきの模型のように複雑な構造ではなく、よくある苔(こけ)の生えた古い石橋。

「ここ、覚えていますか？」

「ああ」

この橋は……私とシュヴァルツ様が初めて会った場所だ。

「あの時はいきなり宙吊(ちゅうづ)りにされてびっくりしました」

「あの時のミシェルは今にも川に引き込まれそうだったからな」

おどける私に、彼は欄干(らんかん)に肘(ひじ)をついて空を見上げる。

「……今はどうですか？」

私の問いに、シュヴァルツ様は視線を私に移して、

「自分ではどう思う？」

……質問を質問で返すのは反則ですよ。

「ま、落ちたくなっても、何度だって俺が引き上げるがな」

悪戯っぽく微笑む将軍に、私は頬を膨らます。

「最初から落ちる気はありませんでした！」

「それならいい」

小さく笑い続けるシュヴァルツ様に、私も怒ったふりを続けていたけど……堪えきれず、笑ってしまった。

……あの時、あなたに見つけてもらったから、今日の私は笑顔で過ごせています。

家まではもう少し。せっかくなので夕食の買い物を済まそうと、馴染みの市場に立ち寄った。ここも勤め出した初日にシュヴァルツ様に案内してもらった場所。

「おや、ミシェルちゃん。今日はご主人様も一緒かい？」

「こんにちは、おかみさん。今日のお薦めは何ですか？」

「茄子のいいのが入ってるよ！　丸ごとそのままチーズ掛けてオーブンでじっくり焼けばごちそうの完成さ！」

「それは美味しそう。一山ください」

「はーい。いつもたくさん買ってくれてありがとね。この市場じゃ、ミシェルちゃんが来る日と来ない日じゃ店の売上が変わるって評判だよ」

　青果店の女主人がにこにこと買い物カゴに入れてくれる。……うちの食費、半端ないですからね。地域経済の活性化に貢献できて光栄です。一ヶ月も通い続ければ、人見知りの私にも顔見知りが出来てきた。

　他にも肉屋で豚のスペアリブを買ってシュヴァルツ様に持ってもらっていると、また「ミシェルちゃん！」と声を掛けられた。粉屋の店先から呼んでいるのは、二代目の若旦那だ。店を継いだばかりの彼は、まだ二十歳になったばかりだという。

「小麦粉、そろそろ切れる頃だろう？　明日届けに行くよ。午前中なら家に居るかい？」

「はい、よろしくお願いします」

　頭を下げる私に、シュヴァルツ様は怪訝そうに眉を寄せた。

「なんの話だ？」

「うちは小麦粉をたくさん使うので、粉屋の若旦那さんがご厚意で家まで配達してくれるって言ってくださったんです」

「ほう……厚意か」

　説明する私に、シュヴァルツ様は剣呑な声を出す。あれ？　なんか急に雰囲気が変わった？　彼は私を隠すように前に出て、若旦那にずいっと顔を近づけた。

「家の者が世話になったな。だが、今日俺が粉を持って帰るから、配達は結構。そこの一番でかい袋をくれ」

「へ、へぇ！　毎度！」

我が国最強の将軍の気迫に、涙目の若旦那。突然豹変した旦那様に、私はオロオロしっぱなしだ。

「どうされたんですか？　シュヴァルツ様。私、何かしましたか？」

小麦粉の大袋を担いでずんずん進む彼に、私は必死でついていく。シュヴァルツ様は足を止め、私が追いつくのを待ってからきまり悪そうに呟く。

「……すまん。今のは俺が大人気なかった」

「え？」

なんの話ですか？

「だが、粉屋の配達は禁止。俺がいる時にだけ買え。元々重い物を持つのは禁止だしな」

「えぇ!?」

理不尽な禁止事項が増えたんですけど！

「どうしてですか？　何か問題がありますか？」

「問題になる前に芽を摘んでおくのだろう」

意味が解らないのですが！　追及する私にシュヴァルツ様はそれ以上何も言わず、それからは二人で歩調を合わせてガスターギュ邸に着きました。

「今日はありがとうございました」

買った品を厨房に置いて、紅茶を淹れて一休み。

「こちらこそ礼を言う。わざわざ持ってこさせてすまなかった」

「いいえ、職場のシュヴァルツ様が見られて嬉しかったです」

「そんなに珍しいものでもないがな」

私にとっては新鮮でしたよ。平日の昼間に一緒に街を歩けたのも楽しかった。

一杯分の紅茶を空にしたシュヴァルツ様は、クッキーを齧りながら立ち上がる。

「そろそろ戻らないとな」

名残惜しいけど……引き留めちゃダメだよね。

「いってらっしゃいませ。スペアリブを仕込んでお帰りをお待ちしていますね」

笑顔で送り出す私に、彼は憮然と、

「……もう帰りたくなってきた」

まだ行ってもいませんけど。

大きな事件はないけど、気がつくと笑顔になれる日常。……この暮らしがいつまでも続きますように。

晴れた休日は、お庭の整備をします。午前中はシュヴァルツ様と一緒に草むしりして花壇に苗を植え、午後からは「不用意に歩き回られると危険だから邸内に入ってろ」とのことなので、私はお屋敷で自由時間。

せっかくなので、お菓子でも作ろうかな。厨房で材料を準備していると、

「……一体、どんな作業してるんだろう……？」

「ミシェル、水をくれないか？」

タオルで額の汗を拭いながら、シュヴァルツ様が現れた。

「お疲れ様です。お庭仕事は終わったんですか？」

「キリの良いところまではな」

グラスを渡す私に、彼は受け取りながら頷く。

「あ、外に出る時は、玄関から門に続く石敷きの通路以外歩くなよ。落ちるから」

お……落ちる？

「ミシェルだと這い上がれないだろう」

……どんだけ深いんですか？　あとで罠を仕掛けた場所の地図を描いてもらおう。

「何か作るのか？」

調理台の生卵を目敏く見つけたシュヴァルツ様が訊いてくる。

「はい。ムラングを」

「ムラング？」

首を傾げる彼に、私は説明する。

「泡立てた卵白を焼いたお菓子です。簡単で美味しいんですよ」

材料は卵白と砂糖だけです。お好みでアーモンドプードルやチョコレートを混ぜてもいいけど、今回はシンプルに。

「へぇ、卵菓子か。俺も作業に加わっても？」

「はい、大歓迎です！」

やった！　また一緒にお料理出来るの嬉しいな。ということで、調理台の前に並んで作業開始。私には少し高いテーブルも、シュヴァルツ様には腰を屈めなければならないくらい低い。

「まず、卵の黄身と白身を分けます」

楕円の卵をトントンと台に打ち付けて殻にヒビを入れ、丁寧に真ん中から割る。二つになった殻に交互に黄身を移動させ、周りの白身をボウルの中に落としていく。最後に黄身を別の容器に移したら完成。

「こんな感じです」

「ほほう」

私のお手本にシュヴァルツ様は見様見真似で生卵を手に取る。卵を台に打ち付けて……、

ぐしゃっ。

……やると思った。

「潰れたぞ！」

手の中で殻も白身も黄身もごちゃまぜになった生卵に、天下の大将軍は愕然と打ちひしがれる。クロケットのデジャヴを見ているようですね。

「卵は繊細なんです。優しくヒビを入れてあげてください」

濡れ布巾を渡す私に、

「むう、無体なことをした」

シュヴァルツ様はしょんぼり肩を落としながら手を拭く。次は慎重にいきましょう。将軍は再度卵を持った。

「卵黄と卵白を分ける時、黄身を傷つけないように注意してくださいね。黄身が混じると白身が泡立ちにくくなるのです」

「……傷つけてしまった時は、どうするのだ？」

説明している側から黄身が潰れたようです。

「その場合は全卵のまま別の容器に入れておいてください。他の料理に使いましょう」

うちは卵消費量が多いので、すぐに使い切れますよ。

「今回は白身しか使わないようだが、残った黄身の行方はどうなるのだ？」

卵教徒には気になるところですよね。

「それは後で夕食のサラダ用にマヨネーズを作りましょう」

「別々の料理になるのか！　さすが卵、人類への貢献度が半端ないな」

「殻は砕いて花壇の肥料にできますしね」

「捨てる所なしか。俺も生きる上で学びたいものだ」

……卵様が人生の教科書になりました。本当にシュヴァルツ様って、卵が大好きですね。

卵を割り終えたら、いよいよ重労働の時間。卵白をひたすら掻き混ぜメレンゲを作る。

大きなボウルに六個分の卵白。一人で食べるなら卵一個か二個で十分な量が作れるけど、今日はシュヴァルツ様がいるので大増量です。

「卵白を泡立てながら、二、三回に分けて砂糖を混ぜていきます」

ざっくり手順を伝えて作業に移る。

「まず、泡立て器で軽く白身をほぐしてから、最初の砂糖を入れます」

「よし、やるぞ」

ホイッパー片手に意気込むシュヴァルツ様。麦酒くらい泡立った卵白に分量の三分の一の砂糖を投入。

「次に、白くてトロッとしたクリーム状になるまで泡立てます」

ここからが過酷だ。私はムラングが大好きだけど、自分ではあまり作らない。理由は、『メレンゲを作るのが大変！』だから。

私は腕の筋力が弱いので、メレンゲや生クリームを完成させるのに途方もない時間が掛かる。なので、いざ作ろうと思っても尻込みしてしまうのだけど……。でも、今日はシュヴァルツ様という最強の助っ人がいる。勿論、重労働の泡立て作業を彼一人に任せるつもりはないけれど、交代要員がいるって心底ありがたい。

シュヴァルツ様がお疲れになったらすぐに代わろう。そう思っていたのだけど……。

「できたぞ」

「え⁉」

はやっ！ だって今、私が目を離したのって、ほんの数秒ですよ？

驚いてボウルの中を覗き込むと、そこにはゆるく波立つ卵白が。なんで、こんなに早くできてるの？ 狐につままれた気分になりながら、私は砂糖を投入する。

「で、では、次は軽くツノが立つ程度に泡立てて……」

「うむ」

彼は一つ頷くと――

ガシャガシャガシャ!!

——物凄い勢いでホイッパーを動かし始めた！

はっや！　目にも留まらぬ速さで手首だけを回転させているっ！　びっくり眼で凝視する私を置いて、シュヴァルツ様は肘から上はまったく動かさず、顔色一つ変えずにボウルの中の卵白をもこもこ泡に変えていく。

「これくらいか？」

彼がホイッパーを上げると、ついていた白い泡がツノになって立ち上がり、すぐにくてんと頭を下げた。

「はい、それくらいで大丈夫です」

残りの砂糖を全量入れる。

「最後に、しっかりツノが立つくらい硬くなるまで泡立てて出来上がりです」

「おう！」

気合も新たに、将軍がホイッパーを振るう。その勢いは、泡立て器のワイヤー部分が弾け飛びそうなほどだ。

「これでどうだ！」

かき混ぜ終わって向けられたボウルに入っていたのは、つんと先の尖ったツヤツヤのメレンゲ。

「完璧です！　素晴らしいです、シュヴァルツ様！　私、こんなにメレンゲを速く作れる方を初めて見ました！」

「これって、そんなに大仰に褒められることなのか？」

「なのですよ！」

呆れた口調のシュヴァルツ様に、私は尊敬に瞳を輝かせる。

「だって、私が何年やっても到達できなかった領域に、初めてのシュヴァルツ様が一回で辿り着いちゃったんですよ？　感動しないわけがないじゃないですか！　私も力強いシュヴァルツ様の腕が欲しいです！」

「……いや、今の腕がミシェルの身体には合っていると思うぞ？」

大興奮で捲し立てる私に、引き気味なシュヴァルツ様。でも……彼は自分の掌を握ったり開いたりしながら、

「……俺の腕は戦斧だけでなく、調理器具を振るうのにも役立つのか」

感慨深げに呟くと、その手をぽんっと私の頭に置いた。

「ミシェルは俺の特技を増やす名人だな」

「へ？」

それ、褒められてるんですか？　意味は判じかねますが。シュヴァルツ様が白い歯を見せたから、つられて私も微笑んだ。

メレンゲができたら、いよいよ焼きます。口金をつけた絞り袋にメレンゲを移して、天板に絞り出す。

「こんな感じで形を作ります」

私は八切の星口金から一匙分のメレンゲを絞り出す。それだけで、花のような白い小山の完成だ。

「おお！」

感心するシュヴァルツ様に、私は「お好きな形で絞り出してください」と、波型や八の字型、葉っぱ型などを実演してから、絞り袋を差し出す。メレンゲやクリームを絞るのって面白いよね。本当は焼きムラが出るから同じ形で揃えた方が良いんだけど、お家で食べるお菓子は、固いこと言わずに娯楽性重視だ。

「いろんな形にできるのだな！」

シュヴァルツ様は好奇心旺盛な子どものような顔で絞り袋を構える。そして、天板にメレンゲを落と――

バヒョッ!!

――す前に、口金が絞り袋から弾け飛び、ドバッとメレンゲが噴き出した！

「うおっ!?」

「ひぇっ!?」

天板に溢れたメレンゲを、私達は右往左往しながらボウルに戻す。

「な、何が起こったんだ？」

「多分、袋を強く押しすぎたのかと……」

口金が外れるのはよくあることだけど、吹き矢のように破壊力のある発射のされ方をしたのを見たのは初めてだ。さすがシュヴァルツ様、なんでも武器に変わりますね。

「袋を両手で持つから力加減が難しいのです。片手で袋を、もう片方は口金に添えると絞りやすいですよ」

「う、うむ」

アドバイス通りに構え直し、眉間に皺を寄せた真剣な表情で彼は再度天板にメレンゲを絞る。ぷるぷると震える大きな手に支えられ、真っ白な泡が黒い天板に模様を描く。……が。

「おい、止まらないぞ？」

メレンゲはニョロニョロと蛇のように鉄の板の上をのたうち回る。

「袋の手を緩めて、口金をスッと引くんです」

「は？　まだ出てくるぞ！」

「ええ？　それじゃ、口金を上に向けて……」

「げっ！　溢れてきた！」

「ちょっ、シュヴァルツ様、袋に力を入れないで！」

またもてんやわんやな私達。……結局、メレンゲの放出が終わったのは、天板の上が前衛的なうねりの泡の筋で埋め尽くされてからでした。

「もう、これはこのまま焼いてしまいましょう」

何度もメレンゲを絞り直すと離水しちゃうからね。

「……不甲斐ない」

メレンゲの天板をオーブンに入れる私に、シュヴァルツ様は頬杖をついて落胆する。

「ミシェルは簡単に花の形を作るのに、俺は満足に絞り袋を握ることすらできん」

「クリーム絞りは慣れですから」

励ます私に、将軍はますます憮然として、

「俺は何年経ってもミシェルのように器用になれる気がしない」

その言葉に思わず笑ってしまう。

「それなら、私だってシュヴァルツ様みたいに素早くメレンゲを泡立てることができないのでおあいこです」

私は新しい天板に残りのメレンゲをバラ型に絞りながら、

「シュヴァルツ様が絞り袋を扱うのが苦手なら、私が絞ります。だからシュヴァルツ様は、私がメレンゲやクリームを泡立てる時に困ってたら、また助けてください。人間は自分で出来ることが多い方が生きやすいですが、出来ないことを補い合うのも楽しい生き方だと思います」

「補い合う、か」

シュヴァルツ様は噛みしめるように繰り返す。

「ミシェルは俺にないものを色々持っているな」

「シュヴァルツ様こそ、私にないものをたくさんお持ちです」

目を合わせて、笑い合う。

第一陣が焼き上がったら、早速紅茶を淹れて一休み。濃いめのミルクティーと共にムラングを実食だ。ニョロニョロ長く絞られた箇所も、固く乾いて簡単に手で折ることができる。

「軽いな」

シュヴァルツ様は雲のように重さを感じさせないムラングを一つ摘まんで、何気なく口に放った……途端！

「な!?　消えた？　サクッとしてシュワァと消えたぞ、シュワァと！」

……語彙力も消えましたね。それくらいの衝撃体験だったのでしょう。シュヴァルツ様は確かめるように、何個もムラングの欠片を口に運んでいく。

「甘い。軽い歯ごたえの後、簡単に崩れて溶けていく。こんな食べ物初めてだ」

不思議そうに呟く彼に、私は上目遣いに訊いてみる。

「お気に召しましたか？」

「ああ。俺、これ好きだ」

大きく頷くシュヴァルツ様。……内緒ですが、そのリアクションが見たくてこのお菓子を選んだのですよ。大騒ぎのムラング作りは、結果的に大成功でした。

「しかし、卵は凄いな。こんなに様々な料理に変化するのか」

卵教徒はしみじみとムラングを嚙みしめる。

「そんなにお好きでしたら、お庭で鶏を飼ってみますか？　毎日新鮮な卵が採れるかもしれませんよ」

冗談めかした私の言葉に、彼は三秒ほど真剣に考えて……、

「やめておこう。目の前に鶏がいたら、その場で食ってしまう」

……シュヴァルツ様って、そういうとこブレませんよね。

私は紅茶を一口飲んで喉を潤してから、

「あの、シュヴァルツ様。お話があります」

改まって切り出した。彼はムラングを摘みながら、ん？　と目を向ける。

「この前、新しい使用人は雇って欲しくないって言いましたけど……」

「ああ、ミシェルだけで事足りるなら、他に入れる予定はない」

何故蒸し返すのだと不思議顔の彼に、私は意を決して、

「やっぱり、私以外の使用人も必要だと思うんです」

シュヴァルツ様は眉を跳ね上げる。

「どうしてだ？　お前がいらないと言ったのだろう？」

……そうなのです。そうなんですけどっ！

「あの時は感情に任せて不適切な発言をしてしまって、申し訳ありませんでした。でも、冷静になってみると、私だけではお屋敷の運営に支障を来す業務もありまして……」

——あの時のことで、私は痛感した。

シュヴァルツ様が私の話を聞いてくれたのは、今までの仕事ぶりを彼が認めてくれていたからなのだと。私はガスターギュ家の使用人。いくら当主様が寛容だからって、優しさに甘えて仕事を疎かにしたら、そのうち失望されてしまう。

人が増えると居場所を奪われるのではないかという不安は簡単には消えない。それでも……シュヴァルツ様が私にここに居て欲しいと言ってくれたから、きっと大丈夫。

シュヴァルツ様はいつも私を信じてくれる。だから私も、彼と自分の職務に誠実に向き合わなければならない。

「私、このお屋敷が好きです。ですから、ガスターギュ邸をもっと住み良い家にする為に、私の提案を聞いて頂けませんか？」

真剣な私の訴えに、彼は僅かな沈黙の後、「解った」と頷いた。

「まず、使用人には階級がございます」

私はシュヴァルツ様のカップに新しい紅茶を注ぎながら解説する。

「使用人の頂点は家令、次いで執事です。お屋敷の規模によっては、家令と執事を兼任することもあります。家令は主人の世話や使用人の統括管理だけでなく、屋敷や領地、財産の管理まで行います」

ガスターギュ家には領地はありませんが。

「ほほう」

「そして家政婦と女中。家政婦は女性使用人の最高位で、文字通り家政を取り仕切り、他の女性使用人を教育します。メイドは厨房女中や洗濯女中など、それぞれの職種に合わせて決められた業務をこなします。当家は家政婦と女中の仕事を私一人で行っている状態です」

「ふむふむ」

「あとは、従僕や従者、庭師などもいますが、それは割愛します」

私はコホンと咳払いして、本題に踏み込む。

「この一ヶ月、私はお屋敷の家事を一人で回して来ました。つまり、今の状況が変わらなければ、この先もお屋敷の快適さは私一人で維持できます」

それは、自惚れではなく事実だ。

「しかし、シュヴァルツ様がこの先も長くこのお屋敷で暮らしていくのなら、社交的な行事も増えることでしょう」

シュヴァルツ様は将軍。爵位がなくても貴族待遇には違いない。自分が望まなくても、地位のある者には人脈ができるもの。

「お屋敷に人の出入りが多くなれば、私も対応しきれなくなると思います。その時は下働きの者を増やさなければなりません」

彼はほむと顎に手を当てる。

「俺は社交が苦手だから、そうそう客が来ることはないと思うぞ？」

トーマスは勝手についてきただけだし、と付け足す。

「ええ。ですから、そちらは将来的にであって、今すぐ着手しなければならない案件ではありません」

低級使用人は為り手の多い職だから、人員補給は容易でしょうし。

「でも、我が家には、私では担えない業務をこなせる人材がどうしても必要なのです」

「それは誰だ？」

訝しげに眉を寄せるシュヴァルツ様に、私は神妙に答えた。

「家令でございます」

「家令？」

鸚鵡返しするシュヴァルツ様に、私は頷く。

「このお屋敷には、財務を管理する人間が必要だと思うのです」

……正直、将軍の金銭感覚は危険だ。自分が必要だと感じた物にはお金を惜しまない。それは多分美点でもあるのだけど……。邸宅やミシンを即金で買っちゃう瞬発力は恐怖の域だ。

私は毎日の出費を記録してシュヴァルツ様に提出しているんだけど、その帳簿を確認しているところを見たことがない。多分、自分がどの程度の資産を持っているか把握していないと思う。なんなら、書斎の金貨を一袋くらい隠しても気づかないだろう。

将官なので軍部からも相当な給金をもらっているはず。でも……、

（シュヴァルツ様って、貯蓄の概念がないんだよね）

……それは由々しき事態だ。

きっと、明日失業したとしても、向こう百年は働かなくても暮らしていける資金はある。だけど、できればきちんと毎月の支出を管理して頂きたい。そして、金貨はちゃんと保管して頂きたい！ そのためには財務を担当できる人材が欲しいのです。私の主張に、彼は上目遣いに考えて、

「その役、ミシェルはできないのか？」

「無理です」

即答する。実家ではすべての財産は父が管理していたので、私には財務の知識がない。日々の買い物にも最低限の小銭しか持たされず、小遣いもなかった。

……だから、父が投資に失敗して借金を抱えていたことも、私名義の個人資産が奪われていたことすら気づけなかったのだが。

因みに、実家には祖父の父の代から仕えてくれていた高齢の家令がいたけど、祖父の死後、父が追い出してしまった。……誰も諫める者のいなくなったテナー家の転落はそこから始まったのですが。

「差し出がましいことを申しますが、今、この屋敷にある資産は然るべき機関……銀行等に預けた方がいいと思います。私は口座を作るところまではお手伝いできると思いますが、それ以上の管理となると力不足です」

あれだけの資産を預ければ、銀行との取引も多くなるだろう。その時私ではガスターギュ家の窓口にはなりえない。今から勉強することもできるけど、メイドとしての業務が疎かになったら本末転倒だ。容量以上の仕事を抱え込まない。分業大事。

「それに、家令は当主の相談相手……ええと、軍師や参謀の役割もあります。私とは違う視点でシュヴァルツ様をお助けできるかと」

私は追随するばかりだから、他の意見もあった方が良い時もあるかも。

「軍師か……」

シュヴァルツ様は感慨深げに指で唇をなぞる。

「確かに俺は資金繰りが下手だな。長く俺に付いていた軍師は物資や資金調達の得意な奴で、よく俺の無謀さを諌められたよ」

「軍師様ですか？」

「悪魔的に頭が良くてな。下手に出世してしまった若造な俺に『威厳がない！』と言葉遣いまで変えさせるような奴だった」

だからシュヴァルツ様はお若いのに大仰な喋り方なのですね。……あ、でも、ということは。

「その軍師様は、どこにいらっしゃるのですか？」

話しぶりからもシュヴァルツ様が信頼している方らしいから、その軍師様に家令になってもらえれば……、と思ったのですが。

「死んだ」

淡々と告げられた事実に、息を止める。

「……申し訳ありません」

「？　何を謝る必要がある？」

項垂れた私に、シュヴァルツ様は事も無げに頬杖をついた。

「……とりあえず、使用人を増やす件は置いておいて」

話が一段落したのを見計らい、今度は彼が仕切り直しする。

「お前の誕生日プレゼントは決まったのか？　ミシェル」

「え!?」

まだその話題、引っ張りますか。有耶無耶に終わったと安心していたのに。

「俺は根に持つ方だぞ？　祝ってもらったからには、祝い返さねば気が済まん」

困惑する私に、将軍は堂々と宣言する。いや、慶事を根に持たれましても。

……うーん、どうしよう。調理器具や裁縫道具は備品として発注されちゃうし、近場の外食も経費って言われちゃうし……。

あ、そうだ！　私は悩んだ末に、一つの結論に辿り着いた。

「では、休暇を頂けますか？」

「それは勿論構わないが……大丈夫なのか？」

訝しげに眉を寄せるシュヴァルツ様に、私は自信を持って首を縦に振る。今度は不安に嘆いたりしない。だって、

「私のではなく、シュヴァルツ様の休暇を私にください」

「……は？」

意図が読めずにポカンとする彼に、私は説明する。

「次のシュヴァルツ様のお休みの日を、一日私にください。お出掛けしましょう」

「出掛けるって……どこへ？」

「海なんてどうでしょうか？」

王都から一番近い海岸までは馬車で数時間。早朝出発して昼間は海岸で過ごして夕刻前に出れば、夜の遅くない時間に帰って来られる。

「海か……」

シュヴァルツ様はぼそっと、

「俺、海見たことないぞ」

それが狙いです！　彼が駐留していたのは内陸の国境地帯。近くに海がなかったのだ。

なので、せっかく王都に移動になったのだから、新しい土地を観光してもらいたいのです。

祖父と母が生きていた頃はよく海に連れて行ってもらっていたので、道案内もばっちりだ。海の市場には街の市場に並ばないカラフルな魚がいるから、きっとシュヴァルツ様も楽しんでくれるはず。

彼は腕組みして天井を見上げてから、こくりと頷いた。

「ミシェルがそれでいいのなら」

良かった。やっと誕生日プレゼント問題が片付いた。

「して、海まではどうやっていくのだ？」

「馬車で三、四時間ですかね」

王都から港街までは乗合馬車が何本も出ている。交通手段には困らないだろう。……と思っていたら、

「では、馬車を買うか」

「え⁉」

「馬はプラト産がいい。あの産地の馬は脚が強い。客車は耐火金属フレームで防矢ネットを張って……」

「ちょ、ちょっと待ってください！」

私は大慌てで椅子を蹴倒す勢いで立ち上がる。

「なんで日帰り旅行に馬車買っちゃうんですか⁉」

しかも、客車の仕様が明らかに装甲車です。

「いや、家に一台あったら便利かと思って」

悪びれない将軍に、眩暈がしてくる。

「……台車感覚で馬車を購入しないでください……」

衝動買いの規模が二桁くらい大きいです。……危ない。私が迂闊な発言をしたばかりに、旅費よりも高い馬車をもらうところだった。

結局、私の強硬な反対にシュヴァルツ様が折れて、馬車はレンタルすることになりまし

た。

あと……お出掛け前に、必ず金貨は銀行に預けてもらいますからね！

「家令ですか？」

ガスターギュ将軍の執務室。部屋の隅の席で書類仕事を片付ける俺に上官が話しかけてきたのは、午前の業務時間が終わりかけた頃だった。

「ミシェルがあの家には財務担当者が必要だと言うのだ」

抑揚のない声で喋る将軍に、俺は心の中で、（だよなー!!）と首がもげるほど頷いた。

『あの家』じゃなくて、『将軍自身』に財務担当者を張り付かせておくべきだよ。やっぱりミシェル嬢も閣下のびっくり衝動買いに手を焼いていたのか。

「人材派遣組合から適当な人物を見繕ってもらえんか？」

将軍の要請に、俺は思わず渋い顔をする。

「登録はしておきますが、すぐにとはいかないかと」

「何故だ？　前回は依頼した翌日には来たぞ？」

「それは、下級使用人は為り手が多いからですよ」

俺は首を竦める。

「しかし、上級使用人……特に家令ともなるとそうはいきません。基本的に、上級使用人は屋敷で育てるものです。従僕から執事、執事から家令のように。屋敷によって仕事もしきたりも違いますから、上の者が下の者を育てて自分の仕事を引き継がせていくんです」

「軍組織と似ているな」

将軍の言葉に、その通り！　と相槌を打つ。

「まさに下士官を上級幹部が育てる感じです。せっかく育てた人材を、自分の陣営から流出させたくないでしょう？　内部情報も知られてますし。だから家令や執事は派遣組合の登録が少ないんです」

「ほむ」

「それに、いくら輝かしい経歴を持った上級使用人が目の前に現れても、いきなり家財の管理を任せられるほど信用できますか？」

家令といえば、財産だけでなく屋敷全体の取り纏めもするのに。

「……確かに。敵陣営から脱走してきた将官を即座に味方陣営の中枢に置くのは躊躇われる」

「そういうことです」

自分の説明に満足し、俺が仕事に戻ろうと書類に目を落とすと、眉間に皺を寄せて考え

ていた将軍が、

「トーマス、お前、うちの家令になるか？」

「嫌です」

やべっ、即答しちゃった。

「俺、コネで軍部に入ったんですぐ辞めるわけにもいかなくて。あ、年金満額出る年齢で引退した後に雇ってください」

「そんな何十年も先の面倒まで見られるか」

ヘラヘラと取り繕う俺を、彼はばっさり切り捨てる。でも、お誘いがあるってことは、財務を任せられるくらいは信用されてるってことか？　それはちょっと嬉しい。ならないけど。俺、仕事とプライベートは分ける派だし。

「そういえば、ミシェルさんへの誕生日プレゼントは喜んでもらえましたか？」

新しい使用人の話が出たってことは、休暇をあげる話もしたのだろう。この前会った時は本人に聞きそびれたからな。興味本位で尋ねてみると、

「出奔されそうになった」

「は!?」

何をしたんだ、将軍。

「その後、なんだかんだで次の休みに海に行くことになった」

「へ⁉」

ホントに何があったんだ。その『なんだかんだ』が知りたいぞ！

「……って。海って、ミシェルさんと二人で行くんですか？」

「お前も行きたいのか？」

「全力で遠慮(えんりょ)します！」

デートにお邪魔(じゃま)する野暮(やぼ)なんてしませんよ。こっそり覗(のぞ)き見したい気分ではあるけどね。

……へぇ。この二人、とうとうそういう仲になったのか。俺はニヤけそうな顔を必死で抑(おさ)える。

「海まではどうやって行くんですか？」

「馬車を借りるつもりだ」

「それなら、軍のを用意しますよ」

我が軍は、申請(しんせい)すれば私的利用の馬車も貸し出してくれるぞ。俺、庶務(しょむ)だったからそういう手続き得意。

「ついでに近くの保養施設(しせつ)の部屋を予約しますね。何泊(はく)の予定ですか？」

「日帰り」

「えぇ⁉　それは勿体(もったい)ない！　せっかくですから、ゆっくりしてきたらどうです？　一ヶ月くらいどーんと！」

夏の行楽シーズンに長期休暇を取るのは当然の権利。ガスターギュ将軍だって、休暇願を出せば通るはず……なのだが。

「それは良くない」

閣下は鹿爪らしい顔で俺を睨みつける。

「ミシェルは年頃の娘だぞ。男と宿泊することで、周囲にあらぬ噂が立ったらどうする？」

「……」

……お前ら、まだ付き合ってなかったのかよ……。

# 【エピローグ】

夕食が終わると、デザートのお時間です。本日のメニューはカスタードプリンと、渋めの紅茶に自家製無花果ジャムを添えて。

私はいつものように居間のドアをノックする。

「失礼します、シュヴァルツ様。お茶をお持ちしました」

「ああ、ありがとう」

彼もいつものように定位置である長椅子に寝転んでいる……かと思いきや、ローテーブルに羊皮紙を広げ、何やら思案のご様子だった。

「お仕事ですか？」

それならお茶は後の方がいいかな？　と躊躇う私に、彼は「いいや」と首を振りながら紙を退かした。空いたスペースにお皿を並べる。

「今日はプリンか！」

即座に顔を綻ばせる我が国最強の将軍。この姿を見られるのは、使用人の特権です。

「では、失礼しますね」

「待て」

一礼して辞そうとする私を、シュヴァルツ様が呼び止める。

「ミシェルはこれから予定はあるのか？」

「いえ、厨房(ちゅうぼう)の片付けも終わりましたから、そろそろ自室に戻ろうかと」

「それならば、少し俺に付き合ってくれ」

「はい」

私の分のティーセットも用意して、居間(パーラー)に二人きり。プリンを食べ終わったシュヴァルツ様は、皿をテーブルの隅(すみ)に寄せると、また大判の羊皮紙を広げた。そこに描(えが)かれた複雑な線や記号は、

「地図ですか？」

「そう。海までの道を確認(かくにん)しようと思って職場から借りてきた」

羊皮紙は三枚あって、一枚は王都から海までの地形図、もう一枚は主要街道(かいどう)から小道、周辺町村の書き込まれた街道図、最後は海街の地図だ。でも、詳(くわ)しすぎるその内容は……きっと軍事機密だよね、この地図。

どの国でも、敵国に攻め込まれないように自国の詳細(しょうさい)地図は公(おおやけ)にしないものだ。それを貸し出してもらえちゃうんだから、やはりシュヴァルツ様はフォルメーア王国の重鎮(じゅうちん)だ。

「この太い街道を通るルートが一番無難だが、こちらの東の森を抜(ぬ)けた方が早く海に着き

か？」

「距離的には近いですが、森は道が整備されていませんよ。狼でも出没たらどうします

そうではないか？」

「倒す？」

シュヴァルツ様は上目遣いに考えて、

……危険なイベントは極力回避の方向で調整してください。

「ここの脇道を逸れたところにある村は桃の産地で、今が収穫時期だとトーマスが言って

いた」

「そうなのですか。ぜひ寄ってみたいですね」

「あとは、ここには大きな滝があって……」

……ん？　指で地図を辿って説明する彼に、私は対面から覗き込みながら、小さな引っ

かかりを覚えた。決してそれは嫌な感じではなく、むしろ……、

「シュヴァルツ様……もしかして今回の小旅行楽しみにしてます？」

思い切って尋ねてみると、将軍は「なっ⁉」と顔を赤らめた。

「い、いや、決して浮かれているわけではないぞ？　あくまでミシェルの祝いだからな。

ただ……」

困ったように目を逸らす。

「遠征以外で旅に出るなど初めてなのでな」

……どうしよう、すごく胸がきゅうってなります。

実は、使用人がご主人様の休日を奪って良いものかと密かに悩んでいたけど……シュヴァルツ様は私の不安を一瞬で吹き飛ばしてくれた。

「では、いっぱい楽しみましょうね！　私、お弁当作ります！」

「ほう。もう楽しみが一つ増えたな」

ぐっと拳を握って宣言する私に、シュヴァルツ様が微笑む。

「それから、ここの道が」

「どこです？」

「同じ方向から見た方が分かりやすいだろう。こちらに座れ」

彼は横にズレて長椅子の半分を空けてくれる。大きな身体の彼の隣には、私が入る十分なスペースがあるけれど……。ち、近すぎる！

失礼しますと座った私の肩は、シュヴァルツ様の二の腕に密着している。

「ここなのだが」

「ひゃい!?」

吐息が掛かる距離で話し掛けられ、声が裏返る。

「どうした？　具合が悪いのか？」

「いえ！　元気です!!」

もう、これ以上無いってくらい心臓がバクバク飛び跳ねて、生きてるって実感してますよ！

「そうか。では……」

地図に目を戻すシュヴァルツ様の横顔を、こっそり見上げる。

……いい、これからのことを二人で相談出来るのって、素敵ですね。

夜、屋根裏部屋で独り膝を抱えて、朝が来るのに怯えていたあの頃が嘘のよう。今は明日が待ち遠しい。

触れ合う肩から伝わる熱が心地好くて、何故か泣きそうになる。苦しくて切なくて……どこまでも温かい気持ち。胸に芽生え始めたこの感情に、まだ明確な名前は付けられないけれど……大切にしていこう。

――あなたにめぐり逢えて、私は幸せですよ。

シュヴァルツ様も同じ気持ちだったら嬉しいな。……そう思ってもらえるように頑張りますね。これからも、あなたの傍で。

私の視線に気づいたのか、シュヴァルツ様が柔らかく目を細める。深く澄んだ黒い瞳の中に、笑顔の私がいる。

私達は夜が更けるまで、地図を前に旅行の計画を練り続けた。

# あとがき

はじめまして。灯倉日鈴と申します。

この度は『売られた令嬢は奉公先で溶けるほど溺愛されています。』をお手に取っていただき、誠にありがとうございます。

このお話は、まったく違う環境で育った二人が偶然出会い、一緒に暮らしたらどうなるだろう？　と思いながら書き始めました。

毎回、ミシェルが何を作るのか、そしてシュヴァルツがどんなリアクションを見せるのかを考えるのはとても楽しかったです。

本作は、小説投稿サイトで公開している作品を書籍化したものです。

書籍化にあたり、設定や文章を見直し、新しいエピソードも追加しましたので、ＷＥＢ版をお読みいただいている方にも、初めてお読みいただく方にも、皆様に楽しんでいただけたら嬉しいです。

そして、本作に関わってくださった皆様に感謝を申し上げます。

イラストを担当してくださった手名町紗帆（てなまちさほ）先生、初めてラフを拝見した時、ふんわり可愛いミシェルと逞（たくま）しくかっこいいシュヴァルツに大感動しました。素敵なイラストを描（か）いていただき、本当にありがとうございます。

担当編集者様、たくさん相談にのっていただきありがとうございます。本作の刊行にあたりご尽力（じんりょく）いただいた関係者の皆様、心からお礼申し上げます。

WEB連載（れんさい）から応援（おうえん）してくださった皆様、本作を手に取っていただいた皆様。本当にありがとうございます。この物語で、少しでも楽しい時間を過ごしていただけましたら幸いです。

それでは、また皆様にお会いできることを願って。

灯倉日鈴

「売られた令嬢は奉公先で溶けるほど溺愛されています。」の感想をお寄せください。
おたよりのあて先
〒102-8177　東京都千代田区富士見2-13-3
株式会社KADOKAWA　角川ビーンズ文庫編集部気付
「灯倉日鈴」先生・「手名町紗帆」先生
また、編集部へのご意見ご希望は、同じ住所で「ビーンズ文庫編集部」までお寄せください。

# 売られた令嬢は奉公先で溶けるほど溺愛されています。

灯倉日鈴

角川ビーンズ文庫　23084

令和4年3月1日　初版発行

発行者――青柳昌行
発　行――株式会社KADOKAWA
〒102-8177　東京都千代田区富士見2-13-3
電話 0570-002-301（ナビダイヤル）
印刷所――株式会社暁印刷
製本所――本間製本株式会社
装幀者――micro fish



●お問い合わせ
https://www.kadokawa.co.jp/（「お問い合わせ」へお進みください）
※内容によっては、お答えできない場合があります。
※サポートは日本国内のみとさせていただきます。
※Japanese text only

ISBN978-4-04-112429-1 C0193 定価はカバーに表示してあります。

姉姫毒殺未遂の罪を着せられ、処刑された闇属性の王女・エリス。半年前に時が戻っていると気づき、運命を変えるため奔走することに！　以前は敵対していた宰相補佐官・クラウィスと協力しながら黒幕を捜すエリスだが……？

●角川ビーンズ文庫●

きまじめ令嬢ですが、
王女様(仮)になりまして!?
訳アリ花嫁の憂うつな災難
わたしが王女様とまさかの入れ替わり!?
すれ違いラブファンタジー!
著●伊藤たつき　イラスト●蓮本リョウ
近衛隊員のユリアは、王女・ローラを婚約相手の下まで送り届ける途中で崖から転落！　目が覚めたらユリアとローラが入れ替わっていた!?　だけど国を守るためにローラとして国王・レオンと夫婦を演じきることになり……？

異世界に救世主として喚ばれましたが、アラサーには無理なので、ひっそりブックカフェ始めました。
和泉杏花
イラスト/桜田霊子
異世界を救うなんてムリ！
……なので趣味に本気出します。
シリーズ好評発売中!
裏サンデー女子部 × KADOKAWA女子ノベル部 × pixiv
第1回異世界転生・転移マンガ原作コンテスト〈優秀賞〉受賞作！
神様に救世主のひとりとして異世界へ送られたツキナ。
世界を救うのは他の若い救世主にお任せして、
私はブックカフェを開いて趣味に生きます！
けれど客として訪れた騎士団長・イルとの出会いで
穏やかな生活に波乱が!?
●角川ビーンズ文庫●